BEFORE THE END OF THE GAME

第二部 SEASON 2

左牧

Character File ▶ 001

喜歡耍小聰明，充滿心機的利己主義者。
曾受人委託參加遊戲，有冷靜分析和觀察的能力，雖說是普通人，但對血腥畫面習以為常。

BEFORE THE END OF THE GAME

第二部
SEASON 2

兔子

Character File ▶ 002

個性古怪，偶爾會表現出懦弱的一面，但戰鬥時卻可以面無表情地將人殺害。原是無主罪犯，遇見左牧後主動接近他。對左牧有相當強烈的占有欲，是個讓人捉摸不透的神祕男子。

WARNING
第二部
SEASON 2
羅本
具有道義精神，但並非正義使者，會視情況判斷自己的行動，重要時刻也有可能背叛同伴。
槍械專家，近戰不強，擁有很強的狙擊能力，基本上只要扣下扳機就不會失誤。

BEFORE THE END OF THE GAME

第二部
SEASON 2

黑兔

Character File ▶ 004

出名的暗殺高手，擅長偷襲和竊取情報，格鬥技巧熟練，沒有武器也能輕鬆消滅手持武器的對手。

逃離組織後暫時加入左牧的隊伍裡，和兔子合不來但意外地還滿喜歡親近羅本。

BEFORE THE END OF THE GAME

第二部
SEASON 2

黃耀雪

Character File ▶ 005

與看似好親近的外表相反，自尊心高又固執，只追隨自己認同的對象。一旦認同對方就會變成最忠心的狗。與左牧的雇主合作，跟邱珩少一起參與遊戲，目的是協助左牧。擅長使用槍械。

邱珩少

Character File▶006

只對自己有興趣的人事物執著，比起和真人互動，對資料數據更感興趣，是不折不扣的研究狂。十分聰明，自我意識高。與黃耀雪一起參與遊戲。

草子信
illust 日々
遊戲結束之前
ゲームが終わる前に
第二部
SEASON 2
III
三日月書版
輕世代 FW405
BEFORE THE END OF THE GAME SEASON 2

Despair Park

CONTENTS

楔子　011

指南一：快速攻略計畫　016

指南二：同時不同地　041

指南三：考驗技術的時刻　066

指南四：迷霧中尋求生機　089

指南五：計畫完勝　116

指南六：人偶小鎮　142

指南七：第五枚徽章　167

指南八：與世隔絕的時光　192

指南九：最後的遊戲　217

指南十：繼承資格者　244

後記　270

楔子

光鮮華麗、充滿金錢與酒精的人工島，如被永不西沉的太陽眷顧，無論黑夜白晝，閃耀著屬於它的光芒。

島嶼的周圍建有一圈像是海溝的設計，那裡安置著肉眼看不見的電網，阻擋來自海中的威脅與防止不明人士闖入；天空則由島內的獨立指揮塔全天監管，並將裝載人工ＡＩ系統的無人機安排在各個位置，除監控功能之外，同時也設有攻擊裝備。

唯一能夠進出這座人工島的交通工具，只有直升機。

人工島上雖然也有車輛、快艇等移動工具，但所有的設備系統都是連接於島內主伺服器，並且設有距離限制，一旦距離人工島太遠系統則會癱瘓，無法駕駛、移動。

這裡是百分之百會員制的娛樂場所，同時也是被稱為Ｓ２區——通稱「絕望樂園」的主辦單位所在據點。

「不管來幾次，這地方都還是那麼討人厭。」

從黑色高級轎車裡走下來的程睿翰，眼裡帶著笑意，單手插入口袋，一點興趣也沒有地注視著眼前的賭場。

賭場的位置在島嶼的中央，一如往常，是主辦單位最喜歡安排的據點位置。

每個進行遊戲的主辦單位場地都是這樣，就像是狂妄地認為這不會成為弱點一樣。但以主辦單位所擁有的資產跟戰力，他們就是有那個本錢囂張。

這也是為什麼這個存在於法治外的遊戲世界，能夠屹立不搖地存在於現實，不但沒有曝光，甚至還能創造出更大的財富。

簡直就是拿人命來賭注的血腥版拉斯維加斯。

程睿翰在接受門口保鑣的身分掃描確認後，進入賭場。

他的身旁跟隨著兩名身穿黑色西裝的男人，打扮得像是隨扈，但他們散發出的氣魄卻讓人本能想要迴避，就連剛才在門前的保鑣也忍不住冒冷汗。

即便知道這座人工島嚴禁械鬥行為，也還是會擔心自己的小命不保。

一樓的賭場和拉斯維加斯普遍見到的差不多，除各種遊戲之外，也有設置酒吧、舞廳以及表演，足以讓人花上一整天的時間。

這棟賭場有十層，右側的電梯提供給賭場客人自由使用，然而左側的電梯不但有配槍的保鑣看守，也不提供給一般人使用。

程睿翰絲毫沒有猶豫地走向那個電梯，保鑣已經透過耳機傳達的命令確認他的使用權限，所以並沒有阻止，就這樣讓三人搭上電梯。

電梯直升最高樓層，由於是直通十樓的專用電梯，加上有專屬人員監控，會透過監視器確認後啟動，所以電梯內沒有任何按鈕可以操控。

賭場最高樓層是個四周全部都設置玻璃、視野寬敞的空間，簡直就像是景觀臺，簡易的酒吧只有一名調酒師，穿著整潔、如人偶般靠牆站著的服務生，全都面無表情。

除此之外，也有幾名隨扈待在其他地方，他們一看見電梯門打開，就立刻以銳利的目光瞪向他們，像是隨時都有可能發瘋攻擊的狂犬。

對此早已習慣的程睿翰，並沒有把那些威脅當回事。

相較於島上的其他場所，這裡就像是島上唯一的黑暗，可怕、危險，即便有人突然死亡也不奇怪。一如往常不討喜。

樓層中央有個向下凹陷的區域，那裡是沙發區，已經有幾個人坐下來喝酒聊天。空間雖然寬敞到能產生回音，不過因為有輕柔的音樂聲，所以也不算安靜到能夠聽清楚他們的談話聲。

程睿翰示意同行的兩人不要跟過來之後，獨自往沙發區走過去。

「三十一號這次選上的主人命還真硬，怎麼就是殺不掉？」

「哈！別說了，我正想抱怨，為什麼連『困獸』派那麼多人手去都還沒辦法把人處理掉？看來那個組織訓練出來的商品已經大不如前。」

「你是想說『困獸』水準下降？那你可得小心點，他們可是最討厭你這種只會抱怨的傢伙。」

「我怕他？不過就是個殺手組織而已……」

「閉嘴吧！傻子，我這是為你好。別以為你家是搞武器的就能天不怕地不怕，『困獸』的人可不蠢，更何況他們現在跟我們是合作關係，絕對不能鬧僵。」

晃著裝啤酒的玻璃瓶，出聲喝止那個狂妄無知的男人繼續說下去的，是魏也杰。他在說完這句話之後起身，笑嘻嘻地轉頭看向站在沙發後方的程睿翰說：「你說對吧？哥。」

其他人這才發現程睿翰，當他冰冷的視線掃過那群看到他就畏縮到不敢說話的人，勾起嘴角。

「我本來就是賭左牧先生會贏的哦？」

他笑著歪頭，將手搭在剛才還表現得很狂妄，不把人放在眼裡的軍火商兒子肩膀上，彎下腰，靠在他的耳邊低語。

「你這麼會抱怨，那怎麼不說說你安排去雙子島攻擊他們的人，為什麼會被殺光？嗯？」

男人臉色蒼白，明明那隻手放在他的肩膀上，他卻覺得被程睿翰掐住脖子一樣，難以呼吸。

程睿翰笑咪咪將手收回，轉而走向對角位置坐下。

坐在他旁邊的管紹忍不住摀嘴偷笑。

「心情很不好啊你。」

「嗯……」程睿翰轉動眼珠子，用手指輕輕敲打臉頰，「我明明都說了可以來依靠我，但那個男人卻完全不用我這張牌……紹子啊，這種心情該怎麼解釋才好？」

他的語氣聽起來很像是真心誠意地詢問，但管紹聽得出來，程睿翰已經開始不耐煩了。

「怎麼回事？我以為你對左牧先生沒興趣……你的目標不也是三十一號嗎？」

「一開始是這樣沒錯，但左牧先生太有趣了。我現在可以明白，為什麼陳熙全會這麼信任那個男人，他確實有種吸引人目光的特質。」

「哈！該不會連你也迷上他？」

「迷上……是這樣嗎……嗯……」

程睿翰喃喃自語，像是沒辦法得出結論一樣，猶豫不決。

但讓他思考的時間並沒有很長，因為從酒吧走過來的男人，打斷了他的思緒。

「既然現在人都到齊了，那就開始吧。」

穿著白色襯衫、黑色西裝褲的男人，面無表情地向所有人宣告：「Ｓ2區主辦單位會議開始，這次我們一定要阻止那個叫做左牧的男人逃出去。」

沙發區的所有人舉起手上的飲料，表示同意。

包含程睿翰、魏也杰與管紹三人在內，總計十名的Ｓ2區共同主辦人，開始進行他們最後的會議。

從島上取得的兩枚徽章，目前都在謝良安的手裡。

一個是從實境射擊的島嶼拿到的，含有晶片的徽章；一個則是邱珩少從小丑牧場的攤販區拿到的普通徽章。

沒錯，「普通」。

明明都是島主徽章，然而卻有很大的不同。

它們都只有十元硬幣大小，可是從小丑牧場拿到的徽章卻不是透明的，裡面也沒有晶片，毫無任何特色與疑點，反而更讓人懷疑它是不是假的。

不過，根據比他們早就開始蒐集徽章的邱珩少和黃耀雪所說，從小丑牧場拿到的徽章才是真貨，連他們也都沒見過藏著晶片的透明徽章。

黃耀雪甚至笑著懷疑，他們是不是拿到隱藏版的島主徽章。

當然，這個猜測並沒有被左牧當回事，謝良安也不認為主辦單位有那種閒情逸致，還搞出什麼隱藏版來增加收藏價值。

這些徽章不過是他們完成遊戲的一個必要道具，除此之外他們對於這個東西並沒有其他的想法，更不可能有想要把它帶回家當紀念品的意思。

更何況，謝良安在確認那枚晶片內的程式，是他自己設計出來的之後，讓他不得不懷疑「絕望樂園」的主辦單位當中，是不是有陳熙全的幫手。

「絕望樂園」的遊戲區域由十名高層人員所負責維護、管理，做為主島的「遊樂園」一名、會員制的「賭城」一名，剩下的八名成員則是各自控管剩餘這些擁有島主徽章的群島。

這些人做為島嶼的「首腦」安排遊戲與規則，分別擁有不同的團隊負責群島事務與人員分配。而所謂的「島主」，指的就是這些擁有指揮、決策權的高層人員，他們既是主辦單位的客戶之一，同時也是實施遊戲制度的共犯。

至於這些人為什麼會願意做這麼麻煩的事？理由很簡單，因為他們能利用「遊戲」將無法透過正規方式處理掉的人，扔到遊戲中，藉由遊戲的名義賦予他們死亡。

各島島主擁有遊戲決策權，只要你在他們的地盤，想怎麼弄死玩家都沒關係。

倘若島主當中有陳熙全安排的協助者，就能說明他們為什麼還能活到現在。

謝良安本來還在懷疑，主辦單位應該有能夠更快搜索海域，把他們找出來的方式才對，可是卻遲遲沒見到動靜。

這絕對不是運氣好或者他們實力強到能夠躲過所有監視，而是有人刻意為之。

既然他都能察覺到，那麼左牧不可能沒注意到這點。

「……所以他才這麼悠哉，還說等大家的傷恢復一些之後再繼續攻略？」

從第一次見面，謝良安就覺得左牧是個很不可思議的人。

無論實力還是運氣，就像是受到幸運之神眷顧，總是能安然無恙地度過危險，只不過他也懷疑這樣的好運能維持到什麼時候。

他就跟其他人一樣，被左牧吸引。不過他沒傻到去黏著他，因為那個男人的身邊可是有披著兔子皮的惡狼看守。

「算了。」謝良安嘆口氣，重新將注意力放在靜置於桌面的兩枚徽章。

普通的那枚徽章，真的沒有任何特點，也沒有藏任何東西，至於透明的徽章，十之八九應該是假的。如果他把這個想法跟左牧說的話，他恐怕真的會氣死。

「感覺上，最快的方式就是去搶別的玩家的徽章，但他應該不會這麼做吧。」

當左牧做出要用最短時間蒐集完所有徽章的宣告後，謝良安還以為他們會立即開始行動。即便他們的人幾乎都帶著傷，仍能輕鬆地從其他玩家手裡奪取徽章。

但這三天以來，左牧除了吃飯睡覺之外，沒有下達任何指示。

他有點不安，可是其他人的態度卻很自然，彷彿理所當然一樣。

不過，多虧這段安靜、不受干擾的時光，讓他產生自己已經脫離魔掌的錯覺之外，也很順利地將晶片內容解密，順利取得裡面的資料。

這個晶片內含的程式，是他當初用來保護重要資料的加密系統，除他之外沒有人能解得出來，所以很顯然，將資料藏在晶片裡的人就是想要把這些情報交到他手上。

雖然他不知道對方為什麼能這麼篤定他能拿到這個晶片，而不是被其他人拿走或被摧毀，但他很慶幸最終它是落在左牧的手中。

因為解密後取得的情報跟資料，確實對他們有很大的幫助。

「你這麼晚不睡覺在做什麼？」

突然跟他搭話的聲音，差點沒把謝良安嚇到心臟病發。

現在是凌晨三點，大家都正在熟睡的時段，但因為腦袋裡的思緒很亂，加上晶片也已經解密完畢，謝良安才會睡不著覺地待在駕駛艙旁的座位區。

沒想到左牧竟然會爬上樓梯，神出鬼沒地冒出頭來。

桌上擺放著緊急照明燈，可調節的燈光，亮度並不高，但足夠照亮他們的面孔，所以左牧可以清楚看見謝良安被他嚇到臉色發白的模樣。

「嚇……嚇我一跳，左牧先生，這時間你怎麼醒著？」他拍拍胸膛，好奇地左顧右看，「兔子沒有跟著你嗎？」

左牧上二樓後直接站在桌子旁邊，一邊看著徽章一邊回答：「他在一樓，我不准他上來，所以正在跟我鬧脾氣。」

「哈、哈哈，原來是這樣。」

「看你的樣子應該是已經知道徽章裡的晶片是什麼東西了？」

「是的。」謝良安用力點頭，「左牧先生，晶片裡的資料對我們很有幫助，有它的幫助，我們就能用最快速度攻略其他島嶼。」

左牧並不驚訝，反倒冷靜地問：「是關於所有群島的遊戲資料和地圖？」

謝良安一臉驚訝地說：「你、你怎麼知道！」

正如左牧所說，晶片裡確實是關於群島遊戲的所有情報，包括遊戲規則、種類，以及所需要花費的通行證數量範圍等。如果說他們在闖第二座島之前就已經取得這些資料的話，可能就能更加餘裕地從雙子島撤退。

左牧聳肩，「猜的。」

「左牧先生真的很聰明！」

「不，我只是大概推論出這個可能性而已。」左牧看見謝良安又對他露出閃閃發光的眼神後，無奈嘆氣，「想到那個透明徽章很有可能是贗品，我就覺得應該是某個人刻意留給我們的線索。」

「……果然，左牧先生也這樣認為。」

「倒不如說這樣做有點明顯，不懷疑才怪。但是既然對方能透露線索到這種地步，也就表示主辦單位並沒有懷疑自己人，甚至沒有安排監視的眼線……話雖如此，我們也不能就這樣斷定協助者是抱持著善意協助。」

他走過去，單手掌心貼在桌面，撐著身體看向謝良安。

「總而言之，先把資料給我看吧。」

左牧本來就已經對於遊戲中的規則漏洞產生疑慮，晶片所提供的情報，正好能幫助他解開那些困惑，讓計畫更加完善。

只能說，時間真的掐得完美無缺，甚至讓人有種微妙的巧合感。

「你不擔心晶片裡的情報是假的嗎？萬一是陷阱怎麼辦？」

「你覺得是嗎？」

左牧反問謝良安，反而把他嚇了一跳。

似乎沒想到左牧會把問題扔回來給他，謝良安垂眸思考後回答：「……不，如果是陷阱的話未免也太大費周章，而且依照主辦單位的個性，他們絕對不會在遊戲的重點道具上動手腳。」

雖然主辦單位的目的是殺死他們，可是卻奇怪地會去遵照遊戲規則，彷彿不這麼做的話就好像是主動違反了自己所設下的規矩一樣。

這是種自傲的想法，只有游刃有餘的人才會傻傻遵守遊戲原則。

——還有另外一種就是瘋子。

「總之，你不用擔心。」

左牧朝他伸出手，示意他把資料交出來。

謝良安沒辦法拒絕，只能乖乖把平板遞給他。

「我已經先把資料全部複製到這臺平板上了，可以慢慢看。」

「不，我們沒那麼多時間。」左牧快速翻閱資料，視線始終固定在平板螢幕上，但也沒有忘記回答謝良安，「休息三天的時間，已經差不多是極限，雖然兔子他們受到的傷沒有完全好，不過對他們來說，應該沒多少影響。」

「哈、哈哈，說得也是。」

謝良安無意間往一樓甲板看過去，不知道為什麼正好和兔子對上眼，四目相交的瞬間，冰冷的雙眸就像是刀刃般，像是要殺了他一樣。

原本臉色就不是很好的謝良安，慘白到面無血色的地步，急急忙忙躲回去，不敢再往下看。

「困、困獸真的好可怕。」

「嗯？突然間說什麼呢你。」左牧看他瑟縮顫抖的模樣，歪頭問：「你的大叔不也是困獸的一員嗎？而且我們都已經接觸過那麼多困獸的殺手，你還沒習慣？」

「這種事情根本沒辦法習慣啦。」謝良安搔搔頭，尷尬地說：「我、我並不像左牧先生這麼堅強，好不容易才苟延殘喘存活下來，就算隨時掛掉也不奇怪。」

「你要是掛掉的話，我們其他人也活不了。」

「我、我知道。給你們添麻煩了，真的很抱歉。」

左牧將視線從平板上挪開，看著對自己一點信心也沒有的謝良安，嘆口氣。

「你該對自己更有信心點，雖然跟兔子他們不同，但你並不是個沒用的男人。如果不是有你幫忙，我們恐怕很難順利從雙子島逃出來。」

「沒有，我什麼也沒做。被追殺的是左牧先生你們，我、我只是待在船上而已……」

「謝良安，你知道刑警在面臨需要突擊的狀況下，最依賴的是什麼嗎？」

「個人實力？」

「不對，是後勤人員的指示。」左牧聳肩，「我們在現場的人員只能依照當下眼前所看到的情況做出判斷，可是後勤人員能夠看到的比我們更多、更清楚。包括建築結構、街道情況，判斷出所有逃脫可能以及能夠讓我們突入的最佳時間點……這不是槍法好或是打架能力強就能做得到的事。」

左牧看著謝良安重拾信心的眼神，勾起嘴角。

「你只需要做你最擅長的事就好，我不會因為你槍開得不準，或是沒殺死敵人就覺得你是個累贅。如果想要快速通關，離開這個鬼地方，你的存在是必須的。」

「……左牧先生真的很擅長鼓勵人。」

「這沒什麼吧。」有點不習慣被人稱讚的左牧，害羞地別開視線，用力揉謝良安的腦袋，頭髮雖然被左牧弄得亂糟糟，但謝良安並不覺得討厭。

「總之別想太多，先去睡覺。中午我們要開會討論攻略其他島嶼的方式，你也得參加。」

他嘿嘿傻笑著回應左牧：「知道了，謝謝你，左牧先生。」

看著這麼容易就打起精神來的謝良安，左牧忍不住懷疑他到底是個天才還是個傻瓜，振作起來的速度根本就像在搭雲霄飛車一樣。

雖然他要謝良安去睡覺，不過他自己倒是先失去了睡意。

在謝良安回艙房之後，左牧拿著平板回到甲板，無視發現他而黏上來的兔子，往睡覺的艙房走過去。

「今天得熬夜了，兔子。」

兔子一臉無所謂地看著他，並不在意這種小事。

反正他只要能夠待在左牧身邊就好。

／

中午十二點，所有人在一樓船艙集合。

除熬夜的左牧和只有睡幾個小時就起床的謝良安之外，其他人的精神都特別好，尤其是受傷的那幾個人，已經像是完全康復一樣，自在地吃著羅本親手做的特製三明治。

透過這點，左牧和謝良安確認了一個事實，這艘船上就只有他們兩個是「普通人」。

「你們兩個為什麼看起來半死不活的？肚子餓？」

羅本端起盤子，把三明治遞給兩人。

左牧和謝良安交換眼神，肚子同時發出聲響，看來就算精神再糟糕，也還是需要填飽肚子。

「邊吃邊聊吧。」

左牧雙手各拿著不同口味的三明治，站在擺放遊戲區域海圖的桌子前面，而嘴裡叼著火腿三明治，手持平版的謝良安則是使用平板操控他身後的螢幕。

休息三天，對這些人來說根本就是在浪費時間，但他們並沒有開口抱怨，反倒是想要看看左牧接下來會用什麼方式來攻略遊戲。

「我們隊伍第一個拿到的島主徽章裡面，藏有各島嶼的遊戲資料，接下來我們要透過這個情報來選擇攻略目標。」

「說是這樣說，但你已經挑好了吧。」邱珩少冷冷說道：「少說廢話，就直接說你心裡在打什麼算盤。」

左牧知道邱珩少因為急著復仇的關係，有些急躁，他大概想著趕快把他們送出去，這樣他就能繼續完成他自己的目標。不過很可惜，左牧並不打算拋棄在場任何一個人。

他勾起嘴角，輕笑道：「我現在的目的是讓這艘船上的所有人，一起離開這裡。」

「什麼？」黃耀雪冷汗直冒，他不希望左牧因為他跟邱珩少的關係，而被迫得取得更多徽章。

由於左牧他們得到的第一個徽章不是真品，所以嚴格說起來，他們手上目前只有一個徽章，離「逃脫」兩個字還很遙遠。

「不行，小牧。陳熙全下達的指示是讓我們輔助你們平安離開，你不需要去擔心我跟邱珩少。」

左牧靜靜掃視所有人看著自己的眼神。

除困惑跟好奇之外，大部分是想等著看好戲。

於是他勾起嘴角，毫不遲疑地回答：「你不用擔心，黃耀雪。我會這樣說就表示我有對策。」

「對……對策？」

「你也是玩家，所以應該很清楚這場遊戲的規則給得不是很清楚，剛開始我就有點懷疑，因為依照主辦單位的個性，他們應該會設定更多限制才對，但這裡的遊戲規定基本上只有繞著『隊伍』進行，而且──僅限於在『進行遊戲』時才適用。」

邱珩少聽到他這麼說，皺了皺眉。

「……你故意這樣說，是什麼意思？」

「意思是玩家們可能打從一開始就搞錯這個遊戲真正的過關方式。」

左牧輕推眼鏡，笑瞇著眼，態度自然且充滿自信。

羅本沉默不語地觀察其他人的表情，果然都對左牧說的話半信半疑，但他很清楚，每當左牧露出這種笑容的時候，就表示他有十足的把握。

左牧的這一點，真的有些可怕。

「在進入遊戲時，我們就被強制組隊，並限制隊伍人數上限為五人，一般來說玩家自然就會認為這個遊戲是以隊伍為基準的團體遊戲，不過其實並非如此。」

主辦單位就是想要讓玩家產生「組隊通關」的印象，並利用「隊長死亡隊伍全滅」的規則來加強觀念，但是在最終目標裡卻沒有特別註明「隊伍」，只有說「取得五枚徽章就可以得到神祕禮物」。

一般來說，大家都會認為那個「神祕禮物」就是逃離這裡的意思，不過已經和主辦單位交手過的左牧，很清楚其中肯定有詐。

之前因為這樣的印象太過深刻，加上遇到的其他隊伍似乎也都覺得取得島主徽章後就可以逃脫出去，所以他僅僅只是在心裡產生疑慮，並沒有細想。

但是，在經歷過雙子島的事情，以及藏著情報的假徽章之後，左牧仔細地回想在郵輪上看到的規則內容，並透過船上的系統重新確認。

在掌握更多、更完善的資訊的前提下，再次重新觀看規則，他才確信自己當時的猜疑並沒有錯。

主辦單位是故意讓玩家認為這裡所進行的所有事情，都必須以「隊伍」為單位進行，就連分發徽章、道具數量也都是以「隊伍」來計算。

然而，隊伍之間能夠互相奪取徽章，而在最基本的規則上也只有提到五枚島主徽章就能取得神祕禮物，關於「逃脫」或是「人數」都沒有更加詳細的規則。

這並非主辦單位漏掉或是沒注意，而是他們刻意為之。

「隊伍」的存在，是為了限制島主徽章發放出去的數量，並增加取得難度，所以才會故意把人數控制在五人內。

在資訊缺乏的情況下，要進行那些陌生的遊戲，對玩家們來說充滿恐懼與不信任，再加上「隊伍」的存在讓所有人的想法受到框架限制。

不是自己隊伍的人，就是敵人，而自己隊伍的人則是要一起努力才能活下去。

在這種情況下，隊伍之間就不可能會真心和彼此合作，更何況還被「五枚島主徽章」的規定所限制——根本不可能想到隊伍之間能夠彼此合作。

獲得「神祕禮物」的規定只有「取得五枚島主徽章」，並沒有限制使用五枚島主徽章換取神祕禮物的人數跟隊伍數量。

「隊伍」僅在進行遊戲時才適用，其他情況下根本就沒有「隊伍」的框架，也就是說，玩家們只要聯手取得五枚島主徽章就好。

當左牧說出自己的結論後，除魯斯之外的人都露出十分嚴肅的表情。

氣氛有些緊張，讓謝良安有些不知所措。

他知道左牧的想法聽起來有點天馬行空，很難讓人相信，但事實上他不過是照著主辦單位設計的規則去做判斷而已。

「你的想法還是老樣子，很有趣。」邱珩少並不是在讚美左牧，不過他也沒有擺出懷疑的態度，「雖然聽起來你只是在挖規則漏洞，但確實……如果是主辦單位那群人的話，這樣的漏洞也太大。」

「是篤定玩家不會注意到吧？就像小牧說的，大家都因為強制組隊的關係，想法受到限制，反而不會去注意到規則上的問題。」

無論如何都會站在左牧這邊的黃耀雪，很快就接受了他的推測。

他再次用閃閃發光的眼神盯著左牧看，卻被兔子無情地用身體擋住。

黃耀雪很不爽，也只能嘟嘴生悶氣，不敢真的做出反抗行為。

「所以，你打算怎麼做？」羅本雙手環胸，歪頭問：「這跟你打算快速攻略其他群島有什麼關係？你又不准我們去搶其他隊伍的徽章，就算知道這點，我們也不可能說服其他玩家加入。」

「我當然沒那麼蠢。」左牧嘆口氣，「我已經跟黃耀雪確認過，他們那邊有一枚島主徽章，而我們這邊目前也只有一枚，不管怎麼說離五枚還差得有點遠，所以我們現在得選擇那些關卡單純不複雜的群島來攻略。」

他指著地圖繼續解釋：「西側海域有兩座島，距離滿近的，我們接下來要分成兩組同時進行攻略。」

左牧挑選的群島，比之前攻略的都要來得小。一座島沒有山，雖然地形平坦，卻很崎嶇，即便是行走都讓人覺得疲勞；另一座島則是被大量杉樹覆蓋，沒有能夠停靠的淺灘，周圍全是高聳的岩壁，海域也特別危險。

「這兩座島雖然花費的通行證數量比較多，但遊戲內容很簡單，不會花太長時間去攻略，很符合我們現在的要求。」

幾個人湊過來看地圖位置，以及螢幕上顯示的遊戲內容介紹後，確實對於取得島主徽章這件事變得頗有自信。

只不過，他們很好奇左牧要怎麼分配攻略人選。

「兔子跟我，還有黃耀雪一組，羅本你跟邱珩少還有他的跟屁蟲一組。」

聽見這個分組人選，黑兔非常不滿地跳起來，指著自己的鼻子大叫：「給我等等！我呢！我怎麼沒有！」

左牧冷眼看他，「你給我待在船上，和魯斯一起保護船跟謝良安。」

「我才不要！」黑兔臉色鐵青，「我為什麼非得跟馴獸師待一起？媽啊這樣超痛苦的！羅本，你跟我交換！」

羅本沒理他，反倒是謝良安一臉無奈地苦笑。

至於被黑兔點名的魯斯本人，安靜站在謝良安身後，嘴裡塞滿三明治，只顧著咀嚼食物，把黑兔的抱怨當成耳邊風，不打算發表任何意見。

黑兔真的快氣死了，但他又打不贏魯斯，只能咬牙切齒，不停跺腳洩憤。

「黑兔，保護船跟謝良安是最重要的工作，我們的命跟是跟謝良安綁在一起的，所以我需要能信任又有實力的人留在船上。」

「這樣的話，我這邊反而心情有點複雜。」黃耀雪皺著眉頭，雙手環胸，「我這邊的隊長可是邱珩少啊，那傢伙死了的話我的小命也不保。」

「怎麼？你覺得我會死？」

邱珩少冷眼瞪向黃耀雪，但黃耀雪卻毫不動搖地對上他的視線。

「哈！自豪什麼呢你。」

「你還是擔心自己就好，黃耀雪。在殺了那女人前我絕對不會死。」

「知道知道，唉真是……跟你說話有夠累的。」

被敷衍了事的黃耀雪，氣到很想衝過去揍邱珩少一拳，好不容易才忍住。

左牧見他們吵完，就直接說結論：「今天會先開船緩慢移動到那兩座島附近的海域，你們想什麼時候開始攻略都沒問題，只要跟負責駕駛的謝良安說一聲就好。」

邱珩少對此沒有意見，但他很意外，沒想到左牧竟然把羅本分配到他這裡來。

「你刻意把兩個隊伍的人分開，是想要一口氣拿兩枚島主徽章嗎？」

不同隊伍攻略成功，都可以取得徽章，所以邱珩少才會這樣猜測。

可惜，左牧並不是這樣想。

「我讓羅本跟著你，是想確保你不會亂來。總得有人監視你這個瘋子吧？」

羅本眨眨眼，總覺得無意間被當成好用的工具人了。

被夾在兩人之間的他覺得很無奈，卻沒立場反駁，只能安靜不說話。

邱珩少冷冷看了左牧一眼，就不再提出異議。

看來用不著他提醒，左牧也已經發現他真正想要問的問題是什麼。

確實不同隊伍攻略成功，都能各自取得島主徽章，但島主徽章每次只會安置一枚，在前一枚島主徽章被拿走後才會再進行補充。

也就是說，即便攻略成功，也得搶先在其他隊伍之前才行。

他以為左牧沒有發現這件事，所以把他跟黃耀雪分開，現在看來是他自己杞人憂天。

大概是從小丑牧場那邊察覺到的吧。

因為他跟左牧的隊伍明明都已經順利通關，但獲得的島主徽章卻只有一枚。這也是當初主辦單位刻意沒有說明清楚、保留各種變動可能性的規則之一。

邱珩少默不作聲地起身，把盤子裡最後一塊三明治拿走後，離開船艙，明碩也跟著他走出去。

「羅本，你要多留意那傢伙。」

「反正我就是去當保母的不是嗎？」

面對左牧的提醒，羅本也只是聳肩，早就習慣。

左牧輕笑道：「你跟著他們去比較安全一點的那座島，我會把通行證給你。」

「……你該不會是顧慮我的傷吧？」

「算是。還有就是比起邱珩少，我更信任你。」

眼看他都把話說到這個份上，羅本就算再無奈也只能認栽。

誰叫他就是心腸軟，總是沒辦法拒絕這個男人的要求。

「我不打算使用通訊器，所以我們沒辦法聯絡，但謝良安會想辦法輔助我們。」

「是跟之前一樣利用生物型機器人？」

「對。」謝良安點點頭，加入兩人的話題，「主辦單位雖然知道我能駭進去，但沒有辦法阻止我，所以不需要像之前那樣刻意隱瞞。」

「也就是說你打算火力全開了啊。」羅本勾起嘴角，難得見謝良安這麼有自信的樣子，大概是多虧左牧的開導吧。

「嗚嗚，我還是不想要留守……為什麼每次都是我……」

黑兔仍在碎碎念，黃耀雪倒是已經開始期待和左牧一起攻略群島了。

雖然有兔子在這點讓他很不爽，但只要能跟著左牧就好。

「小牧小牧！我們什麼時候出發？」

「這個嘛……」左牧打了個哈欠，慵懶地瞇起眼睛，「等我睡醒之後再說。」

留下這句話的左牧，像是夢遊般拖著疲乏的腳步往下層船艙的臥室走過去。

決定好行動方向，他才終於可以安心睡個好覺。

「哈啊啊……床軟綿綿的……」

左牧倒床不到一秒就睡著，跟著他下樓的兔子在發現後，小心翼翼讓他躺平，並替他蓋上棉被。

兔子蹲在床邊盯著左牧的睡臉，直到他醒來為止，都沒有移開目光。

／

趁左牧和邱珩少的兩個小隊各自回去休息的空檔，謝良安回到駕駛座，並沒有因為已經決定好接下來的計畫後就放鬆心情，反而更專注地盯著螢幕上的程式碼。

魯斯見謝良安這麼認真，不想打擾他，坐在船邊的長型沙發椅。

原本只是打算安靜注視謝良安，不讓他操勞過度，但才剛坐下沒多久，眼角餘光就看見有人影站在旁邊。

魯斯嘆口氣，早就料到對方會主動找上門來，面無表情地仰頭與那雙深色紅瞳相望。

「有什麼事嗎？」

「……我想知道組織究竟在打什麼算盤。」

「哈！」魯斯雙手環胸，嗤聲一笑，「你想問的是亞洲分部還是歐洲分部？」

「看來想要左牧先生命的，是歐洲那邊的人。」

「嗯，雖然我們組織是由各分部的首領共同管理，實際上並沒有所謂的『老大』，但你也知道，首領之間的關係並不怎麼友好。」

「他們應該很清楚，就算殺了左牧先生也不可能讓三十一號乖乖回去。」

「你說得沒錯，不過林之外的分部首領不那麼想。」

坦白說，魯斯一開始也不覺得殺死兔子現在的主人，會有多大的影響。左牧並不是兔子的第一個主人，也不會是最後一個，然而當他親眼看到兔子看著左牧的眼神有多麼執著後，他才意識到自己的想法大錯特錯。

左牧和曾經用錢買下兔子的主人們完全不同，那個人是特別的。

估計其他分部首領也沒想到，「困獸」中最優秀的殺戮野獸，竟然會成為被人飼養的家犬——不，應該說披著家犬外皮的狼。

即便兔子看起來乖巧順從，但培養過眾多野獸的魯斯很清楚，他眼中對殺戮的渴望並沒有消失。

簡單來說，現在的兔子簡直就跟不定時炸彈一樣危險。

「我現在可以理解為什麼林會故意讓我跟你們接觸，一方面是讓我見到謝良安，另一方面是想讓我親自確認三十一號現在的狀態。」

黑兔聳肩，「我一開始也不相信三十一號能被人馴服成那種蠢樣。」

「哈哈哈！確實不像話，不過現在有比這更頭疼的問題。」

「……什麼？」

「除亞洲分部之外，其他分部首領都認為應該將三十一號『回收』，光是他重獲自由這件事，就已經足夠讓那些買家為之瘋狂，否則主辦單位也不會安排什麼VIP玩家參與遊戲。與其說是來體驗的，倒不如說他們是來狩獵野獸的。」

「果然。」黑兔單手插腰，看著平靜的海面，垂下眼眸，「這樣就能理解為什麼會有那麼多『號碼』出現在這，還有那麼多沒號碼的殺手，對組織來說，把那些傢伙的命全部加起來，都沒三十一號來得有價值。」

「確實有幾個『號碼』比較讓人頭痛。」魯斯邊嘆氣邊搔頭，「就算有我加入，你們的處境依然很危險。」

「你自己的狀況也沒好到哪去吧？要是組織知道你跟我們一起行動，就等同於是背叛『困獸』，到時候你也會被當成目標的。」

「我沒差啊？反正我本來就快要退休。」

「你的口氣越來越像大叔了啊……」

「我本來就是大叔。」

魯斯嘻嘻笑道，讓黑兔越看越覺得礙眼。

不久前還想殺掉他跟羅本的魯斯，現在慵懶地坐在他面前閒聊，這種不切實際的感覺讓黑兔很難不去懷疑魯斯真正的目的。

如果不是看到他像個瘋子一樣奔向謝良安，他肯定不會讓魯斯上船。

估計兔子也是這麼想的。

依照兔子的性格，他不可能讓這麼危險的男人待在左牧身邊，所以黑兔才沒有反對讓魯斯留下來。

即便看上去很不正經，完完全全就是左牧專屬的跟蹤狂，但兔子並非是個傻子，這點他比誰都要清楚。

「雖然我很想幫點忙，但很可惜我收到的指示就只有殺死你們。」

「沒差，我早料到是這樣。組織每次下達的指示都很簡單乾脆，而接受命令的『困獸』通常也都不會去細問或追究。」

「抱歉啦——」

「……你一臉爽快地跟我道歉有什麼用。」

「反正我們不都是負責留守的人員嗎？就好好相處吧……呃，你現在叫什麼來的？」

黑兔嘆口氣，有種深深的無力感。

「黑兔。」

「哦，想起來了。真是奇怪的名字，看來你的新主人沒什麼取名天賦。」

正當黑兔很不爽地打算跟魯斯吵架時，駕駛座的謝良安突然瞪大眼睛，抓著平板驚呼。

「咦！這、這是什麼……」

黑兔和魯斯聽見他的聲音，互看一眼後，決定不再爭執，走到駕駛座後面圍觀謝良安。

平板上顯示遊戲區域的海圖，已經被定位好座標，但閃爍紅光的座標位置卻什麼都沒有，就像是輸入錯誤的座標一樣，並沒有什麼奇怪的地方。

兩人滿臉困惑地互望，直到謝良安猛然轉過身來，激動地對他們說：「我、我好像發現了超級有趣的祕密！」

「小子，我知道你很興奮，但你能不能先解釋一下？」

魯斯雙手插腰，拿他沒輒地嘆氣。

謝良安聽到他說的話，才回過神，急急忙忙把平板放到兩人面前說明。

「我在徽章上面發現有組數字，因為有點像是座標，所以我就試著輸入進去查查看。」

「數字？你怎麼會突然想到要去查那種東西？」

「因為徽章收集完之後的事情都沒有任何說明，所以我就想說徽章上面會不會有什麼情報。畢竟這只是普通的徽章，沒有晶片也沒有任何可用來監控的裝置，主辦單位不可能透過徽章聚集數量確認玩家是不是有蒐集完……而且在繳交出去前，徽章隨時都有可能被竊或是毀損。」

謝良安一口氣說了很多自己的猜忌跟想法，黑兔和魯斯只是聽著，沒有說話。

不是他們聽得太專心，而是資訊量有點過大導致兩人開始產生思考疲乏。

「總之就是，徽章收集完之後就要去座標位置上繳。」謝良安從口袋裡拿出兩枚徽章，「兩個徽章上的座標數字是一樣的，所以我很肯定。」

他們從謝良安的手掌心裡拿起徽章仔細端倪，眼睛都看到快要脫窗，也沒見到謝良安口中的座標數字。於是這兩個殺人不眨眼、戰力強大的殺手，果斷放棄確認，把徽章還給謝良安。

「很有趣對吧！」

謝良安燦爛的笑容，差點沒閃瞎他們的眼。

魯斯和黑兔冷汗直冒，用毫無靈魂的口氣回答：「啊，真有趣。」

明明他們的臉上寫滿不耐煩，但謝良安卻完全沒有發現，低頭盯著平板，不斷用食指在螢幕上滑來滑去。

「我還有找到一個對左牧先生絕對有幫助的情報。」

謝良安從平板叫出某個檔案，笑得十分燦爛，因為他知道自己這次終於不再扯後腿了。

這個「情報」，價值連城。

「你就在那邊打打鍵盤，也能找到線索？」

魯斯挑眉，對謝良安的成長感到十分驚艷。

雖然他知道謝良安本來就很聰明，但沒想到他竟然厲害到能夠靠自己的力量，駭入主辦單位的系統並挖掘有用的情報。

謝良安被魯斯稱讚，忍不住害羞地搔頭。

「嘿嘿嘿，這沒什麼啦。我好歹也曾是主辦單位的首席工程師，駭入自己設計的系統對我來說，就跟逛自家後院沒什麼不同。」

黑兔歪頭問：「你之前不是擔心會被發現位置嗎？怎麼膽子突然大起來了？」

「啊……因為我把晶片裡面的加密程式拿來加強船上的防護系統，就算他們知道我正在駭入，也沒辦法阻止我。位置的話也不用擔心，因為我寫了個簡單的小程式，會讓我們現在的座標位置隨機亂跳。」

「嗚哇，就某種程度上來說，你也夠狠的。」

「謝、謝謝誇獎。」

沒想到連黑兔也稱讚自己，謝良安有點不習慣，但還是滿開心的。

黑兔對於謝良安的巨大變化感到訝異，沒想到這個男人那麼有用，雖然除了程式之外沒有什麼長處，不過對他們現在的情況來說，卻很有幫助。

這也就不難懷疑，為什麼左牧會特別照顧這個才認識沒多久、老是哭哭啼啼的膽小男人。

「原來你不是個單純的傻子。」

「欸？什、什麼？」

黑兔眨眨眼，看著謝良安沒聽懂自己在說什麼的呆滯反應，冷淡地回答：「……沒什麼。」

事實證明，謝良安並不是個笨蛋，只不過是個膽小、沒什麼心機的單純男人。

按照計畫，左牧三人來到平坦的群島。這裡沒有港口，唯一的出入口位置是在沙灘，船無法靠得太近，所以他們得踏過海水登島。

左牧站在沙灘上，轉身朝快艇舉手向謝良安示意，接到指示的謝良安才把船開走。這座島十分安靜，和過去接觸過的島嶼很不一樣，但對他們來說，這種寧靜並不是什麼好事。

島嶼的面積不算小，可能是因為沒有多餘的物體遮蔽，看起來還滿寬闊的，往離開沙灘的上坡路走一小段之後，就可以來到簡陋的馬路。

馬路只有兩臺車子寬，幾乎都沿著海岸線，路段設計得有些蜿蜒，不太像是一般的公路，而且路面很顛簸，感覺有很長時間沒有修整過，甚至還有坑洞。

和之前登陸的群島不同，沙灘並沒有售票亭或倉庫，也沒有說明規則的路牌，要不是因為他很確定自己還在遊戲區的海域中，可能會以為這只是個普通的島，跟那些糟糕的遊戲沒有任何關係。

「這裡給人的感覺真糟糕。」黃耀雪雙手插腰，皺眉觀察周圍情況，就好像擔心隨時都有人從地底裡爬出來一樣。

左牧並沒有把黃耀雪過分警戒的行為當回事，已經透過晶片內的情報知道這座島是什麼遊戲主題的他，不太在意會不會遇到陷阱。

但，除他們之外沒有其他玩家這種情況，確實給人一種不太對勁的糟糕預感。

難道是主辦單位刻意安排的？不，這樣的話也很奇怪，不介入玩家、干涉遊戲進行是主辦單位的鐵則之一，因為這樣就會變得「不具有遊戲意義」，否則他們也不會用這麼麻煩的方法，不斷找他們麻煩。

他仰頭看著藍色天空，看了一眼在島嶼上方徘徊的幾隻海鷗之後，走向馬路邊的公車站牌。

這裡的公車站牌很復古，鐵柱上貼著「公車站」的字樣以及島嶼的路線圖，旁邊則是有座木製長椅和隨時都有可能被風吹走的鐵皮屋簷。

長椅旁邊有臺售票機，大小跟兌幣機差不多，僅僅只有販售「車票」這個選項，同時還顯示需支付的通行證數量。

張數是一百三十三。

相較於前兩座島，通行證的消耗量確實很大，很難讓人想像這裡的難度較低、遊戲複雜度沒那麼高。

果然在遊戲難易度上，不能單靠通行證的張數來下判斷。

「小牧，我怎麼辦？」

雖然有點晚，但黃耀雪在看到左牧支付完通行證之後，才查覺到他們漏掉一個重點。

他跟左牧不同隊，所以得花兩倍的通行證張數才能參加遊戲。

左牧取完票之後，轉身對他說：「很簡單，你不玩不就好了？」

「什麼！可是我都來了耶！」黃耀雪嚇一跳，「這樣的話還不如讓羅本跟我交換……」

「不用擔心，我把兩個隊伍的人分散開來是因為不需要在意這種事，就像我在船上說過的，不管多少玩家參與，徽章的數量都是固定的，一次只會有一枚，所以不管我們兩個隊伍是分開行動還是一起行動，都沒有任何影響。」

「那我到底來幹嘛的？」

黃耀雪一臉委屈，原本還很興奮期待的他，突然失去活力。

左牧看著他沮喪的表情說：「當然是有需要才讓你來，總之你不用太在意，難度低的群島遊戲就算沒有花費通行證也能參加，只不過就算順利通關也拿不到島主徽章就是了。」

聽到左牧的解釋，黃耀雪這才明白，為什麼左牧的目的不是在增加島主徽章的取得機率，而是更專注於遊戲通關的成功率。

因為島主徽章一次只會出一枚，所以即便所有玩家聯合起來過關，也還是為了搶奪那一枚島主徽章而自相殘殺。

「這座島的通行證數量會特別多，就是因為有這個特殊規則的關係。」左牧朝他翻白眼，

「我不是要你仔細看完這座島的情報資料嗎？」

「我、我有看……」

黃耀雪心虛地挪開視線，因為他根本沒看。

早料到黃耀雪會這樣，左牧沒有繼續追究的意思，接著解釋：「就是因為這點，我才挑兩個難易度低的群島遊戲來攻略。」

這個做法有個風險，就是他們沒退路，一定要成功攻略遊戲才行。

不過依照他們這幾個人的實力，左牧並不擔心自己的計畫會翻車。

「總而言之，你跟著我就好，什麼都別想，我要你做什麼你就做。」

「當然！我百分之百信任小牧你。」

黃耀雪像條小狗，搖著尾巴黏著左牧。

不過他才貼上來沒幾秒鐘，就被兔子一掌推開。

兔子臉色十分難看，用力擠壓黃耀雪的臉頰，像是要擰出汁來才肯罷休。

「痛痛痛！」

「……兔子，鬆手。」

左牧一聲命令，兔子就立刻鬆開抓住黃耀雪的手。

他轉過頭，乖巧地站在中間位置，很明顯就是想要把兩人隔開。

決定跟黃耀雪一起行動的時候，左牧還有點擔心兔子會跟他合不太來，畢竟之前都是跟羅本或黑兔一起行動，不過就目前看來，問題並不算大。

要是兔子真的討厭黃耀雪的話，就不可能用這種呆萌的表情盯著他看了，不知道的人還以為他們是來郊遊的。

「你知道黃耀雪是我們的人吧？」

左牧歪頭詢問兔子。

兔子笑彎雙眸，點頭回應。

黃耀雪嘟著嘴巴，小聲抱怨：「小牧啊，你真不該養這隻『困獸』的，要是我知道這傢伙就是那個超有名的三十一號，我就絕對不會讓他待在你身邊。」

「這是我自己的選擇。」左牧勾起嘴角，以輕鬆自若的口氣回應：「既然我從一開始就選擇這個傢伙，就會負責到底，跟他是什麼人沒有任何關係。」

黃耀雪覺得能說出這種話來的左牧，實在有夠帥氣，讓他想起之前在船上跟羅本聊天的時候，曾跟他建議和兔子相處的方式。

——適時地當個旁觀者，不要介入。

這是來自與兩人相處最久的羅本的誠心建議。

黃耀雪雖然很喜歡左牧，也很仰慕他，但還沒有到要跟兔子爭寵的地步，再說他也打不贏「困獸」的紅牌殺手，接受羅本的建議還比較輕鬆些。

光是聽到左牧說，選擇他是因為有他需要幫忙的地方這點，就足夠讓他心情好到飛起來，而且左牧也會站在他這邊保護他。

「車來了。」

看到接近公車亭的車輛，出聲提醒黃耀雪的左牧，伸手拍了拍他的腦袋。

黃耀雪心滿意足地嘿嘿笑著，無視兔子用想要殺人的眼神盯著自己。

衝著「有左牧在兔子就不敢對他出手」這點，黃耀雪知道兔子絕對不可能對他下手，安心地看著車輛停靠在他們面前。

這臺車是電動車，光聽聲音就能確定，因為引擎聲完全不同。

它自動打開四側車門，駕駛座的主面板發出嗶嗶聲，接著傳出人工智慧語音。

『**請將車票放入駕駛座右側的投幣孔。**』

車票模樣跟捷運單日票有點類似，雖然很奇怪，但在這個地方來說，也不是什麼見怪不怪的重要道具。

「黃耀雪，你來駕駛。」

左牧將車票交給他之後，毅然決然坐上後座，兔子當然也黏在旁邊，說什麼也不肯把他身旁的位置讓出來。

黃耀雪乖乖一個人坐在前座，按照要求將車票投入。

正當他困惑要怎麼駕駛的時候，面板再次開口說話。

『**已確認車票，歡迎來到賽車競技場。**』車子邊說邊自動關上車門，『**接下來會自動導**

航到目的地，這段時間請勿自行解除自動駕駛系統。』

車輛啟動，迴轉後往開過來的方向前進。

黃耀雪覺得有些奇怪，既然是自動駕駛的話為什麼左牧要他負責開車？

還沒開口確認，左牧就先對他下達指令。

「把自動駕駛系統解除。」

「什麼？可是它不是說不要隨便動嗎？」

「你真把它說的話當回事？喂，你是不是忘了這些島上的機關都很有問題？」左牧指著車窗說，「你要是不解除，這臺車就要直接開到海裡去了。」

「什、什麼！」

在左牧說完後下一秒，車子就已經駛離道路，方向盤連轉都不打算轉，直直往岸邊開過去，嚇得黃耀雪立刻解除自動駕駛系統，抓住方向盤用力踩剎車。

幸好他反應還算快，他們三個人才能平安無事。

黃耀雪冷汗直冒，「小、小牧啊……你要是知道會變成這樣，就早點提醒我。」

「看來你真的完全沒看資料。」

「用不著拿命來確認這種事吧……」

左牧聳肩，不以為然，「現在把車開回馬路，往島中央的圓形建築開過去。」

「知道了。」

黃耀雪嘆口氣，轉動方向盤。

他有點好奇為什麼左牧不乾脆自己來開，偏要這樣嚇他。

或許是猜到他在想什麼，在他詢問前就先主動解釋：「我沒開過這種車型，所以才讓你來開。」

「我說，小牧啊。你該不會是因為不擅長開這種新款高級轎車，才把我找來的吧？」

黃耀雪原本還希望左牧能否認，但透過後照鏡看到他眨眨眼，以沉默代替回答後，忍不住嘆氣。

原來左牧只是想要讓他當司機，才選他的。

雖然事實有點讓人不爽，也只能無可奈何地苦笑。

「算啦……不管是什麼理由都沒差了，可以幫上忙就好。」

黃耀雪深深覺得自己在面對左牧的時候，真的很容易妥協。

／

「之前的通訊器受損，時間上來不及做新的，所以我這次會用其他方法和你們保持聯繫，拿到徽章要離開的時候，只要在島的邊緣舉手比個ＯＫ就好。」

在開往第二座島之前，謝良安重複著不久前才跟左牧等人說過的話。

邱珩少看起來對此漠不關心，專注於收拾自己的東西，挑選要帶到島上的隨身物品，至於明碩仍是老樣子，跟在邱珩少身邊幫忙，就只有羅本認真地在跟謝良安確認注意事項。

羅本對於那兩個人的態度並不是很在意，不過總是隨身攜帶狙擊槍的他，這次很少見地沒有背著他的黑色大包包。

謝良安知道羅本的右手還沒有完全好，有點擔心地問：「沒事吧？你跟那兩個人一起行動……真的沒問題？」

羅本雙手環胸，態度十分平淡。

「不用太擔心，邱珩少不會殺我。」

「果然還是讓黑兔跟著你比較好吧。」

「你的狀況比我危險多，比起我，你才更需要『困獸』的保護。」

「但、但是……」

謝良安仍舊擔心羅本的安危。

他不認識邱珩少，所以從他的角度來看，這個男人根本就是個危險的瘋子，讓他沒辦法放心信任。

可是，無論是羅本還是早一步登島的左牧，都沒有把邱珩少當成需要留意的人物，倒是對他有種莫名的信任。

羅本拍拍他的肩膀，「你只要照著左牧的計畫來就好，其他事不用擔心，邱珩少這個傢伙看上去雖然真的是個大腦有問題的變態，但不是個不講道理、隨便開槍的壞人。」

謝良安雖然不相信邱珩少，但他相信羅本。

所以，既然羅本說不用擔心，那他也就沒辦法再多說什麼。

嘆口氣之後，謝良安繼續說：「你們要去的那座島上有很多放置武器的小屋，雖然周圍海流很強，不過還是有能夠登島的入口，那裡也是整座島唯一的出入口，所以你們在岸邊打暗號之後，就要立刻前往下船點。」

羅本看了一眼地圖，「嗯，我已經把那座島的遊戲規則記在腦海裡。」

他們要登的島，可以從島嶼唯一的出入口進入島的正下方洞窟，從那上岸並爬到平地後，遊戲便開始。

那座島本身就是「遊樂設施」，從踏入的那瞬間開始，他們就得留意各種機關和危險，雖然就玩家人選而言，羅本認為這座島比較適合由左牧他們來攻略，卻被左牧拒絕。

因為這座島的遊戲設施是「鬼屋」。

島的遊戲規則非常簡單，就是逃離所有危險順利到達島中央的房屋，島主徽章就放在那裡，只要取得徽章，島上所有的嚇人機關就會停止，所以去程雖然會很辛苦，但回程就會變得很輕鬆。

——若沒有其他意外的話。

「總覺得這個遊樂設施有點過於單純，很難想像他是難度低的遊戲。」

「雖然難度很低，但要花費的通行證數量還滿多的，所以只能成功。」

「嗯，而且我們也沒多餘的時間去闖其他遊戲。」

「等你跟左牧先生都順利把島主徽章取回後，我就會直接開往下一個目標位置。」

「下一個目標？是要去取第五枚徽章嗎？」

「嗯，是的。」謝良安點點頭，以認真的表情面對羅本，「我已經先跟左牧先生談過這件事了，或許我們只需要蒐集四枚島主徽章就好。」

羅本雖然有點好奇理由，但既然謝良安已經把這個想法跟左牧說過，而左牧也同意的話，那麼應該就沒什麼問題。

「知道了，我會盡快拿到徽章。」

「羅本先生……請你一定要小心。」

羅本不習慣被人如此擔憂，有些尷尬地摳摳臉頰。

謝良安將船駛入島嶼下方的洞穴，停靠在建造著木橋的岸邊。

邱珩少和明碩率先下船，羅本則是走在最後面。

他在離開前往二樓的駕駛座看了一眼，正好和謝良安四目相交。

謝良安有些靦腆地朝他揮揮手，羅本嘆口氣，原本不想理會，但最後仍抬起手，朝他示意後才走下船。

邱珩少看著兩人的舉動，不太耐煩地皺緊眉頭。

「幹嘛搞得好像再也見不到面似的。」

「你能不能別說那種煞風景的話？」

這句話從其他人嘴裡說出來，還比較有種像是在說風涼話的感覺，但聽邱珩少說的話就反而有種真的會發生的不祥預感，讓人心裡不舒服。

他不是因為對邱珩少有偏見才這樣，只是單純覺得這男人的直覺很強，所以不想聽他說出危險的預知發言。

羅本轉過頭，聽著船駛離的聲音，和走在前面的邱珩少與明碩踏上島。

如在船上觀測時所看到的一樣，島上種滿杉樹，每棵樹的樹幹都十分粗壯，簡直就像是來到樹海。

溼氣非常重，讓人覺得黏膩，樹與樹之間的間隔沒有很遠，像是無限循環的空間，很容易就會讓人失去方向感。

羅本對這種環境並不陌生，活動起來也很自在，而對他來說，要在這種地方辨認方位並不是什麼難事，他有十足的信心，不會在樹海中迷路。

「真想放把火直接把這裡燒光。」

邱珩少的危險發言，打斷羅本的思緒。

他轉頭說道：「別有那種危險的想法，你應該沒愚蠢到不懂這樣做會造成什麼後果吧？」

邱珩少並沒有理會，無視羅本的抱怨後直接切入其他話題。

「往島中央前進就可以了吧？這種地方看起來真的跟鬼屋沒什麼關係，就算有機關……估計也只是陷阱那種東西。」

「嗯，一邊做記號一邊往前走。從登島的位置來看，洞窟出口正對面就是島的中心點。不過在遇到危險前，我們最好先補充武器。」

羅本會這樣說，是因為他看到旁邊有間小屋。

小屋破破爛爛，約只有四坪大小，非常簡陋。與外觀不同，門把使用電子鎖監控，只有攜帶手環的玩家開門才能解鎖，屋內放置的槍械型號都算新，子彈數量也充足，明碩和羅本都很滿足。

由於不確定會遇到什麼狀況，為了不影響行動，他們只有攜帶最低限度的武器跟裝備。依照情報，武器很容易就能補充，所以不需要過於貪婪。

不過，羅本對這座島上的情況有些困惑。

過去和左牧同行的時候，至少都會遇到其他玩家，但這次很明顯情況不同。

「是因為通行證數量太高嗎……」

羅本下意識這樣想，因為他跟左牧等人分別登陸的群島，都需要一百張以上的通行證數量，這對其他玩家來說太過困難，而且也不划算。

設置遊戲主題的群島，只需要付一次通行證的費用就可以直接待到取得徽章為止，所以大部分的玩家都會需要耗費好幾周的時間才能拿到島主徽章。

主辦單位設計的遊戲，並不會因為你沒有通關而失敗，對玩家們來說，失敗的理由只有一個——那就是玩家的死亡。

在左牧的強制要求下，他們取得通行證的時間本來就比其他玩家要來得快很多，更不用說在左牧跟主辦單位的「賭注」過後，他們又賺到大量的通行證，所以有本錢能夠選擇這些需要大量通行證的島嶼。

剛開始左牧並不想冒風險，消耗太多的通行證，所以才會選擇其他島嶼，可是現在狀況不同，他們得「盡快」取得島主徽章，不能再慢吞吞的。

他很清楚左牧做這些決定的理由是什麼，但也沒辦法無視不安的預感。

「……現在就先不想那些了吧。」

羅本喃喃自語，垂眸看著漸漸起霧的樹林。

這兩座島需要通過的關卡，僅僅只有一個，看似簡單，實際卻非如此。

他尊重左牧的決定，並且相信他。

即便要跟著不知道腦袋裡在想什麼的邱珩少，他也會盡力完成左牧的要求。

「你一個人在那邊自言自語什麼？」

羅本走在兩人身後，邊做記號邊留意周圍。

邱珩少似乎是覺得他速度太慢，反而拖延他跟明碩的腳步，不是很高興。

「別把人當成精神病患者，我只是在想些事情。」

「你動作太慢，我不想浪費時間等你。」

「我們現在好歹是同個隊伍的人。」

「……我幫你們只是想趕快把你們送走，免得干擾我辦正事。」

「辦什麼正事？你本來就是要幫左牧才待在這裡的吧。」

「黃耀雪不是跟你說過，我是為了殺洪芊雪那女人才會答應幫忙，就算我去做自己的事，也不會影響到你們。」

羅本很清楚，邱珩少是那種一日下定決心就不會改變想法的個性，他雖然也不想幫洪芊雪說話，不過他總覺得那個女人應該對邱珩少沒有敵意。

他嘆口氣，決定不繼續跟邱珩少辯論。

在旁邊的樹幹留下痕跡後，他加快腳步跟隨走在前面的兩人。

樹枝上，一隻沒有動靜的貓頭鷹站在那。

牠的瞳孔像是鏡頭一樣縮放，注視著三人的身影慢慢被霧氣吞噬，直到完全看不見為止。

／

越往島中央走，杉樹林中的霧氣就越濃，剛開始還勉強能夠辨識，但很快的，就已經影響到視線。

在這種情況下，即便有在樹幹做記號，也很難不迷失方向。

對於曾經歷過各種艱困環境的羅本來說，這點濃霧的影響不算什麼，可是明碩和邱珩少不同，一個不小心很有可能就會被困在杉樹林中。

「喂。」羅本上前，強行介入兩人之間的空位，「先等一下，現在隨便移動很有可能會發生危險。」

邱珩少看了他一眼，因為他的表情很不爽，讓羅本以為他要反駁，令他意外的是，邱珩少不但沒有擺出那副傲慢的態度，甚至選擇接受他的意見。

「明碩。」

「是，少爺。」

邱珩少和明碩停下來，轉身看著羅本。

這兩個人比羅本高，視線向下俯瞰他的時候，反而會形成一種無形的壓力，讓羅本覺得有些尷尬。

不過他們似乎沒有多想，只是擺出傲慢的態度，想看看他會說出什麼好點子。

「以現在的氣候狀況，會很難判別陷阱的位置，得靠人幫忙。」

「你指的該不會是謝良安吧。」

「對，他說過會用其他方式輔助我們。」

『羅本先生說得沒錯。』

正當邱珩少想要繼續反駁的時候，突然飛來一隻黑色花紋的藍蝴蝶，像個漂亮的裝飾，停在羅本的胸前。

羅本垂眸，而邱珩少和明碩則是很有默契地同時將目光移動到羅本的胸膛上。

一瞬間覺得自己的胸部被這兩人盯著看的感覺很詭譎的羅本，差點沒下意識把蝴蝶打死。

「謝良安？看來你已經很擅長使用這座島上的機器人了。」邱珩少挑眉道：「確實這種輔助方式比用耳機那些道具來得好，但安全性呢？」

『不會有問題。』謝良安似乎知道邱珩少之前根本沒聽他講解，為避免不必要的紛爭，他決定不當一回事。

之前謝良安也是利用生物型機器人幫助他們，所以邱珩少認為這個方法是最安全，也是最快的。只不過，從現在的情況來看，謝良安應該早料到會有這種狀況，才會做這樣的安排。

這小子，看來不是個頭腦簡單四肢發達的拖油瓶。

「謝良安，你那邊沒問題嗎？」

羅本的意思是希望謝良安在安全的狀況下進行協助，現在他們所有人分散在三個地點，如果主辦單位想要下手的話，這個時機點是最好的。

正因為知道被襲擊的機率很高，左牧才會把兩隻「困獸」留在船上。

謝良安用輕鬆的口吻回答：『別擔心我這裡的狀況，你和左牧先生比我危險多了。』

「小子……要是你被殺的話，我跟左牧的命就沒了，比起跟我們交手，直接過去殺你比較容易。」

『那也要他們做得到才行。』

「哈，聽你說話的口氣，還像是那個一見到我們就爆哭的傢伙嗎？」

『請別再提過去的事了，我現在回想起來也覺得自己很遜。』

「……行吧，總之你小心點。」羅本用食指輕輕碰觸蝴蝶的翅膀，「現在，好好當個指南針，早點把這裡的遊戲攻略完，就能早點拿到徽章回去跟你會合。」

『是，我正是為此而來。』謝良安精神奕奕地說：『空中有我安排的生物型機器人，牠會配合這隻蝴蝶來替你們引路，只要跟著牠就可以到島中央的房屋。』

說完，藍蝴蝶便拍拍翅膀飛起。

明明很不起眼，加上濃霧的關係，照道理來說應該很難去注意到蝴蝶的位置才對，但牠的翅膀卻有著閃閃發光的鱗粉，就像是藍色寶石般引人注目。

光芒不是很亮，但奇妙的是能夠讓他們確定蝴蝶的位置，即便牠被濃霧吞噬，也能隱約看見藍色光源，找到前進的方向。

邱珩少雙手環胸，對羅本說：「看來你剛才根本就不用浪費力氣做那些記號。」

「就當是我的職業病。」羅本聳肩，「更何況，謹慎點也沒什麼損失。」

羅本當然不給邱珩少機會損自己，如果不是霧太濃，謝良安大概也不會在這個時候跟他們接觸，這樣的話還不如一開始就替他們每個人安排一臺生物型機器人。

明碩看著兩人，雖然氣氛不是很好，但他覺得邱珩少和羅本之間的關係好像還算不錯。

邱珩少曾在過去的遊戲中和羅本有過接觸，所以他們之間也不算是完全陌生的關係，邱珩少向來不喜歡沒用的人，卻很少見地對不是面具型罪犯的羅本產生好奇心，即使兩人最後沒有成為同伴，邱珩少也沒有改變對羅本的好印象。

當然，對羅本來說也是一樣。

對他來說，邱珩少還是他所知道的那個瘋子，就算現在看起來很正常，也不曉得哪天就突然變了個人，反過來找他們麻煩。

『你們得集中注意力。』

藍蝴蝶裡傳來謝良安略帶緊張的聲音，三人立刻提高警覺。

「看來你也覺得這片霧有問題。」邱珩少像是早就有所察覺一樣，對藍蝴蝶說：「本來在這種氣候下，會形成這麼濃的霧就不是件正常事。」

『……是的，這是人工製造出來的。』

這座島的遊樂設施主題是「鬼屋」，不過自從他們登島以來，什麼恐怖的東西都沒見到，即便有幾個麻煩的陷阱，但因為明碩和羅本能夠容易辨識出來所以不足以造成任何威脅。

太過順利，反而很難不讓人起疑，再加上這片濃霧裡有他很在意的味道。

「是ＬＳＤ。」

對於藥物方面比較敏感的邱珩少，很容易就能判斷出來。

當然，不是因為他鼻子靈或者因為他是這方面的佼佼者，而是他隨身攜帶的測量儀器能夠讀出空氣中的分子數據。

LSD基本上無色無味，一般來說是透過口腔攝取或是注射使用，如果要透過氣體吸收的話，速度很慢，對於常用來作為致幻藥物的它來說不是最佳的使用方式。

即便他們三個人長時間待在被LSD覆蓋的杉樹林之中，影響也不會很大。

但萬一，氣態的LSD並不是針對玩家使用，而是「其他東西」的話，那就很難說了。

邱珩少垂眸，和羅本同時看到霧裡有道黑影從眼前閃過。

他們還沒來得及拔槍，藍蝴蝶就用低沉的聲音警告：『來了。』

瞬間，從左右兩側衝出面部被毀容、四肢畸形的人型怪物，他們目標明確，就是衝著三個人而來。

由於他們出現的位置和剛才黑影晃過去的方向不同，所以很明顯地，隱藏在附近的危險肯定不只有這些人型怪物，可是他們三個現在沒有辦法去思考這個問題。

這些怪物看似笨拙、行動遲緩的樣子，但卻意外地靈活，速度很快、攻擊的力道也強得誇張，簡直不像人類。

三人只顧著閃躲，根本抓不到機會開槍反擊。

就在他們忙成一團亂的時候，不知道從哪傳出的廣播，清晰地迴盪在樹林中。

『歡迎來到鬼屋，目前是鬼出沒的時間，請玩家在被殺死前至安全區集合。』

不知道是不是刻意在怪物出現後才開始廣播，甚至連安全區的位置，或是其他注意事項都沒有提，簡直就像是故意造成玩家們的混亂。

「媽的！這些傢伙是什麼鬼？簡直就像是被改造過的怪物！」

「你說對了。」邱珩少一邊閃躲，一邊回答不斷抱怨的羅本，「這些怪物是使用了我所製造出來的注射劑，進行改造過後的人類。」

羅本開槍後，訝異地提高音量，「人類？你說這些怪物是人類？」

「你們之前不也遇過嗎？在剛進入絕望樂園的時候。」

聽到邱珩少說的話之後，羅本很快就想起那個衝進男廁，有著異常怪力的巨人，臉色鐵青地大吼：「那怪物是你的鍋嗎！」

「又不是我把那傢伙弄成這樣的，你吼我幹嘛？」邱珩少一臉厭惡地瞪著羅本，「我也不想把自己的研究成果使用在那種一看就是砲灰的傢伙身上，你要怪，就怪那個偷了我的研究，把它賣給主辦單位的女人。」

羅本雖然很不想這樣說，但邱珩少真的完全沒有對做出這種危險藥物的事情感到一絲抱歉，反而擔心自己的研究成果被偷。

他果然，沒辦法理解邱珩少。

與拌嘴的兩人不同，明碩倒是很快就解決兩個怪物，隨即衝到邱珩少身旁，一掌抓住想要攻擊他的怪物的頭部，將對方按倒在地。

槍口抵住怪物的後腦杓，面不改色地扣下扳機。

獨自戰鬥的羅本本來就不擅長近戰，平常還有兔子或黑兔能幫他一把，可是現在他只能靠自己，因為他知道明碩絕對不會冒風險過來協助。

「哈……哈啊……」

羅本蹲在地上喘息，抬起頭看向步步逼近的怪物們，不快咂嘴。

他剛才有在武器庫裡拿到手榴彈，不過他並不想現在就使用。

怪物速度太快，加上距離自己太近，手榴彈扔出去後的收益並不高。

他握緊手槍，眼神專注地觀察怪物們的動作，並在看到他們行動後，判斷出攻擊路徑，以絕佳的身體能力閃避所有攻擊。

但，即便他閃得再完美，也不能解決眼前的問題。

正當羅本開始思考要不要使用地形來收拾這些怪物的時候，怪物後方的濃霧再次有黑影晃過去，大腦還沒來得及思考那是什麼，體型龐大的黑狼就從霧裡跳出來，一口咬住怪物的手臂與脖子。

黑狼阻止怪物的攻擊，而看到他動作停止的羅本，立即舉槍射擊。

子彈準確地從左眼射入後貫穿腦袋，隨著腦組織飛噴出去。

怪物倒地，黑狼也鬆開口繼續攻擊旁邊的怪物。

這隻黑狼就像是受人指示，不但能夠明白怎麼做才能干擾怪物，讓他停止攻擊之外，還能製造出讓羅本開槍的空檔。

在黑狼的協助下，羅本即便一個人也能順利殺掉怪物。

好不容易結束這波襲擊後，三人子彈用盡，也累得夠嗆。

羅本眼角餘光看到閃過身旁的零碎藍光，一邊用手背擦拭流到下巴的汗水，一邊說：「幫大忙了，謝良安。」

『哈！聽你跟我道謝的感覺真不錯。』

沒想到回答他的，並不是謝良安，而是黑兔。

羅本嚇一跳，困惑地盯著眼前的黑狼。

「怎麼是你？」

『謝良安哪那麼閒，所以我跟他說讓我來幫忙。我的話就能夠好地操控這頭野獸，畢竟我在戰鬥方面的判斷能力比他好。』

遠在快艇上的黑兔，戴著耳機、手裡拿著遊戲手把，窩在船艙的電視螢幕前，透過黑狼眼中所看到的羅本的臉，勾起嘴角賊笑。

原先謝良安要求他幫忙遠端遙控這隻黑狼的時候，黑兔還想著真的有夠麻煩，不過因為他把操控方式設計得很像在打遊戲，讓黑兔不知不覺產生好奇心，這才終於點頭答應。

現在看來，這項交易並不虧。

當然，羅本不可能知道黑兔心裡在盤算什麼，純粹真心感謝他的協助。

「回去做你喜歡吃的，就當作報酬。」

『這樣的話我得更努力點，替自己拚個滿漢全席。』

「不過幫了我一次，你的報酬會不會提得太高？」

『欸，我可是持有號碼的困獸。花錢買我可是要不少錢的，我只跟你討食物吃已經算很便宜了好不好！』

羅本真不知道該說什麼才好，明明可以無償幫忙，但黑兔卻滿腦子想要從他這裡得到好處。

他雖然不是很喜歡黑兔霸道的性格，可是他這種公私分明的態度，對羅本來說是最輕鬆的相處方式。

『有話待會再說。羅本先生，請你先跟邱珩少先生他們盡快移動到別的地方去，徘徊在附近的怪物們很快就會因為血腥味道而聚集。』

藍蝴蝶繞著羅本飛來飛去，聽得出來聲音有些著急。

羅本點點頭，反正他們現在也得補充武器，估計在剛才的突擊過後，他們三個人的彈匣都已經被掏空。

「我們需要武器。」

『知道了，跟我來。』

藍蝴蝶再次往前飛，掠過邱珩少和明碩中間，引領三人前往安全路線。

遠程操控生物型機器人來進行輔助，是左牧提出的想法。

在之前的島上，謝良安已經展現出能夠控制生物型機器人的實力，可以的話他希望這個方式可以讓謝良安之外的人使用。

快艇的娛樂設備當中，有遊戲系統，為了實現左牧所提出的概念，謝良安重新改寫遊戲系統，最終達成能夠用它來遠端操作生物型機器人的目的。

搭配手把的按鍵指令，能夠讓持有者以更靈活的方式來操控，雖然因為時間關係，只能給予基礎指令，但生物型機器人是具有學習能力的特殊「物種」，即便在沒有指令的狀態下，也能根據任務來行動。

生物型機器人所被下達的命令很簡單，只有兩個。

以機體不受損為前提執行任務，以及保護指定目標。

當然，後者的任務為最優先事項，所以在有必要的情況下生物型機器人可以以自我犧牲的方式來保護指定目標。

手持控制器的人，就像是握有生物型機器人的韁繩，但只要配合得好，就能成為最大助力。

於是，這隻體型龐大的黑狼便誕生了。

左牧並不是打算讓羅本冒巨大風險，才安排他和邱珩少一起行動，而是因為他另有打算，只不過這個計畫只有黑兔能做得到。

原先大吵大鬧的黑兔，突然妥協、變得安靜，就是因為左牧跟他提出這個方法，雖然不能親自參與多少還是讓他心裡有點不平衡，不過這樣至少比傻傻待在船上放空來得有趣多了。

由於操控黑狼的系統是另外獨立的，所以一次只能一人使用，透過機器人的視線和收音，感覺就像是待在羅本身邊，這點讓黑兔相當滿意。

唯一的缺點，就是遊戲系統和船上的系統是分開的，若正在操控的生物型機器人被摧毀的話，重新連接到其他生物型機器人，最快需要三分鐘左右的時間。

雖然不長，可是對於分秒必爭的他們來說，是風險相當高的問題。

現在的他們沒有資格討價還價，目前能做到這種程度，已經是極限。

坐在船艙裡的黑兔，透過螢幕，直勾勾地盯著羅本看。

一旁直立起的平板顯示出島嶼的地圖，以及怪物分佈的位置。

在一堆紅點當中，只有三顆孤立無援的黃點，而紅點正在慢慢以黃點為中心聚集過來，速度雖然不算快，但保險起見最好還是避開比較安全。

「羅本，動作快點。怪物距離你們只剩幾百公尺。」

黑兔一邊看著平板，一邊提醒。

螢幕旁的喇叭傳來羅本的嘆息聲。

『這座島真不適合我。』

「所以我就說應該讓我去嘛，結果左牧先生只是讓我坐在這裡玩手把。」

黑兔不滿地嘟嘴抱怨。

明明比起羅本，他去那座島更加適合，不過他無法保證自己會不會手癢殺死邱珩少和明碩，估計左牧就是看出這點，才把他留在船上。

抱怨歸抱怨，事實上黑兔也很清楚左牧所做安排都有他的想法，直覺準確的左牧所做的判斷，通常不會出任何差錯。

「我會幫你把風，你就專心補充裝備吧。」

『……知道了。』

羅本的聲音聽起來有些疲憊，讓黑兔覺得不太對勁。

正當他想事情的時候，畫面突然被邱珩少湊過來的大臉填滿，差點沒把他嚇死。

黑兔一臉不爽地低聲問道：「幹什麼？」

『真有趣，沒想到謝良安竟然還有時間做這種事。』

邱珩少用食指輕戳黑狼的鼻尖，黑兔厭惡地操控手把，讓黑狼張開嘴咬下去。

早看穿他的意圖，邱珩少手收回的速度非常快，神色冷靜地盯著黑狼的眼睛說：『別對我耍脾氣，又不是我讓你留守的。』

「哈……我真不懂為什麼左牧非得讓你去，明明讓我跟羅本兩個人一起就好。」

『因為這座島的資料吧。』邱珩少摸著下巴，『這座島上的霧氣並不是普通的水蒸氣，而是氣化的ＬＳＤ，再加上我檢查過怪物的屍體，他們的外型變化跟我研發出來的超人藥劑所產生的效果有點類似，所以左牧才會讓我來這座島。』

黑兔一句話都沒聽懂。

「隨便啦，反正你給我小心點，要是你把羅本害死，我是不會放過你的。」黑兔瞇起眼，帽沿下的紅色瞳孔，如野獸般閃爍著厲光，「不管你想報仇還是什麼，我都不在乎，但凡你做出讓我不爽的行為，我就會讓你走不出這座島。」

如果只是一般的小混混對他說這種狠話，邱珩少當然不會當回事，但黑兔是「困獸」，即便實力不比兔子強，要殺死他還是綽綽有餘的。

雖然他不喜歡這種友好的團體行動模式，但跟「困獸」為敵，確實不划算。

『我會記住的，所以你別在那邊咬牙切齒地瞪著我看。』

「你又看不到我現在是什麼表情。」

『哈！就算不用看我也能猜得出來，再說你的脾氣也不比我爛。』

黑兔是真的討厭邱珩少，他真懷疑為什麼那個叫做明碩的男人，還能乖乖跟在他身邊這麼久。

邱玠少仍然擺出沒什麼大不了的態度，站在一旁看著羅本和明碩補充裝備與武器，他站在黑狼旁邊，垂低眼眸。

『……喂，雖然這座島上充滿氣化的ＬＳＤ，但因為是開放空間，所以對我們三個人的作用不大，我猜應該是給那些怪物使用的。主辦單位先注射藥劑到那些人體內，然後再用氣態方式持續少量補充ＬＳＤ，讓這些人的腦袋沒辦法清醒，永遠活在幻覺世界中。』

「你說的話我根本聽不懂。」黑兔直接了當地回答，不過他並沒有排斥這個話題，「反正簡單來說，這些怪物是身體被藥物改造後的人類，為了控制他們才會使用那什麼鬼東西的，讓他們的意識保持在半夢半醒的狀態下對吧？」

『差不多。』邱玠少嘆口氣，似乎覺得跟黑兔說話有點疲累，『剛才島上的廣播提到鬼出沒的時間，也就是說那些怪物就是鬼屋遊樂設施的主角。』

「果然不是什麼普通的鬼屋。」

『反正我也沒想過那些傢伙能想出普通的遊戲。』

「鬼的數量很多。」黑兔看了一眼增加的紅點，「要全部殺掉是不可能的，考慮到你們三個人的體能跟實力狀況，最好還是盡快到達安全區比較好。」

『安全區就是島中央的房子吧，只要到那邊就能通關。哈……規則雖然簡單得要命，但過程卻跟地獄沒什麼不同。』

「少在那邊抱怨了，還不如快點拿到徽章回來。」黑兔朝邱珩少翻了個白眼，真心覺得跟他說不到幾句話，就想掐死他。

邱珩少面無表情地看著羅本的背影，陷入思考。

『……總覺得杉樹林裡的霧沒那麼單純。』

他的聲音不大，像是含在嘴裡自言自語，但是黑兔卻聽得一清二楚。

邱珩少會這麼想並不意外，比起安全坐在船艙內玩遊戲手把的他，實際待在現場的邱珩少肯定更能比他察覺出異樣。

遊戲設施為「鬼屋」的那座島，肯定還藏著什麼。

知道他們手上所持有的徽章數量，在這片海域到處都有眼線的主辦單位，肯定在他們六個人各別登入兩座島嶼的時候，收到消息。

每個隊伍一次只能攻略一座島，所以他們之前一次只能收集一枚島主徽章，但在邱珩少他們加入後，獲得徽章的速度就會加快。

主辦單位肯定不會眼睜睜看他們成功，在確定他們的位置後，一定會在不影響遊戲規則的前提下進行干擾，就跟之前一樣。

黑兔仍感到不安，但他相信左牧跟羅本。

這兩個人一定會順利帶著島主徽章回來。

載著左牧三人的電動車，緩緩開進島中央的大型建築物裡。

這個橢圓形建築從外觀看上去很像是運動場館，建造得十分漂亮，很有設計感，島上唯一的道路直接鋪進建築的正門，能夠直接開進去，黃耀雪一開始雖然有點懷疑，但最後還是把車慢慢開進大門內。

往前沒多遠，再一次穿過弧形拱門後，出現的是賽車車道。

這時他們才發現，原來這棟建築是賽車場。

與華麗、新穎的外觀不同，賽車場內的車道十分破爛，並沒有整理得很乾淨，以轎車來說，要在這種路行駛不但很費力，也需要技術，因為一個不小心很有可能底盤就會碰撞到道路上的石頭。

這不是對轎車來說友善的車道，比起這種車型，更適合越野賽。

賽車場內所有的通道都被鐵門封鎖，唯一能夠進入的地方只有車道，周圍的看臺雖然空盪盪、十分空虛，可是當左牧他們停好車走下來之後，看臺區的螢幕全部亮起，一張張戴著面具、打扮得十分高雅的觀眾將他們包圍。

這些螢幕的數量非常可觀，就像是透過遠端參與現場賽事，給人一種毛骨悚然的感覺。

左牧抬起頭，面無表情地盯著看臺，黃耀雪倒是快吐了。

至於兔子則是死盯著從對面入口開車駛向他們的車群，眼神可怕到像是等那些人一下車，就要把他們的頭砍下來似的。

雖然左牧早在登島前就大概知道這座島是幹嘛的，但實際見到還是有點讓人無法習慣。他很確信這是主辦單位故意為他們安排的歡迎儀式，估計這次的「遊戲內容」，肯定不是那種短短幾分鐘就能結束的簡單遊戲。

「嘖……事情果然變得麻煩了。」

左牧知道主辦單位肯定會用全力阻擋他們，在雙方都打算按照遊戲規則，沒有人願意打破的前提下，就只能在遊戲中分出勝負。

無論是他還是主辦單位，都沒有人想要無視規則，因為那會讓他們有種還沒開始打仗就輸了的錯覺。

『**歡迎你，三十一號的飼主。**』

廣播器傳來的聲音，一點也不拖泥帶水，就這樣直接了當稱呼左牧。

左牧對此並不意外，畢竟雙方之間已經很清楚彼此的底細跟目的，無論是對他還是對主辦單位來說，都沒有必要繼續像個傻子般拐彎抹角。

再說，比起他，更加著急的應該是主辦單位那邊。從他們在前一座島所安排的新模式，以及投入那麼多「困獸」的殺手來看，這些人的心情比他想的還要來得著急。

因為殺不了他，又沒辦法動搖他們進行遊戲的速度，策劃這個遊戲區的高層人員肯定會因此著急、焦心。

『在絕望樂園裡，只有一組玩家隊伍會拿到三枚島主徽章，在那之後的隊伍最多只能拿到兩枚，而且還是花上十個月至一年左右的時間。從數據來看，你確實是個例外。』

廣播剛說完沒幾秒，七臺轎車便將他們團團包圍，車頭燈的燈光全部照在他們身上，但三人卻連眼睛都沒眨。

站在黃耀雪與兔子中間的左牧，從口袋裡拿出一根棒棒糖，拆開後放進嘴裡。他漠不關心地鬆開手，讓糖果包裝紙就這樣掉落在腳邊，下一秒，狠狠踩下去，就像是在藉由這個舉動來「警告」這些剛走下車的駕駛。

每臺車都只有一名駕駛，沒有其他乘客，但很明顯，他們的車子無論是車體還是輪胎，全都是崎嶇路段所使用的專業裝備，相較之下他們開的這臺電動車，根本就是個笑話。

「你是想讓我們在不公平的條件下，跟你們玩賽車遊戲？」

『這並不是普通的賽車遊戲，左牧先生，不用我說，你應該也知道，在絕望樂園裡面沒有那種無聊沒勁的遊樂設施。』

這幾臺車的駕駛沒有開口，回答問題的，是廣播器裡的聲音。

左牧搔搔頭，直覺這次的遊戲會很麻煩，但怎麼樣也應該比羅本他們去的那座鬼屋島來得好一點。

「說明規則吧。」左牧果斷說道：「你們不就想盡快殺了我，讓沒有飼主的兔子恢復自由嗎？既然如此就廢話少說，趕快把遊戲玩完。」

他垂低眼眸，環視這群駕駛。

「我沒有太多時間跟你們鬼混，我想你們應該也一樣。」

駕駛身上並沒有手環，也就是說他們並不是玩家，感覺也沒有「困獸」那些殺手的銳氣，無法確定這群人的身分跟目的。

能夠確定的只有一點，就是這些面無表情的駕駛們，全都把目光集中在他身上，看樣子他是最主要的攻擊目標這點，依舊沒有改變。

『……這個群島的遊戲樂設施主題是碰碰車，不僅僅只是這個賽車競技場，島上所有範圍都是賽道場地，可以隨時隨地進行遊戲。』

廣播說完這句話之後，剛才他們開進來的入口就降下粗壯的鐵欄杆，將整座競技場變成封閉狀態。

『遊戲開始十分鐘後，入口會再次打開，到時候就可以在島上每個角落進行遊戲。規則很簡單，只要玩家死亡或無法繼續駕駛的狀態，便會喪失資格，最後留下來的車主就能得到

島主徽章。』

『順帶一提，每臺車都是由電腦系統所登錄的人爲車主，也就是說搶奪車輛或是登錄名稱的人死亡都會被視爲喪失資格。』

「也就是說，這臺電動車的車主是我對吧？」

『畢竟去領車票的人是你。』

怪不得剛才所有駕駛都盯著他看，看來他們很清楚只要殺了他，這場遊戲就算主辦單位的勝利，所以才會對他投以那麼熱情的眼神。

雖說是各隊競爭，不過依照現場的人來看，基本上就等於是七打一。

總之只要他死就好，這些駕駛之間沒有任何競爭，甚至還有可能聯手圍攻——看來主辦單位這次是真的明目張膽地要搞死他。

坦白講還滿有趣的，而且取得徽章的方法也正如他從情報裡知道的遊戲模式差不多，花費那麼多的通行證還算有價值。

「這群傢伙真的為了殺死我，花費不少心力。」左牧嘴裡含著棒棒糖，像是在說其他人的事情，看上去一點也不緊張。

即便知道這七名駕駛的目標是他，心情上好像也沒有很緊張。

黃耀雪倒是站在一旁越聽越覺得不對勁，臉色鐵青地跟左牧說：「小、小牧，你打算怎麼做？這些傢伙看起來就像是要把你生吞活剝的樣子，而且也不知道他們的車子藏有什麼奇怪的裝備。」

「你只要當普通的碰碰車來玩就好。」左牧將手搭在黃耀雪肩上，面無表情地對他比了個讚，「待會你只要專心開車，不讓車子被他們撞毀就好，剩下的事情交給我跟兔子來處理。」

黃耀雪一臉不信邪地問：「交給你跟那傢伙？小牧，你難道已經想好計畫了？」

「其實也算不上計畫，總之我打算在競技場的入口重新開放的這十分鐘之內，把這七臺車解決掉。」

「什、什麼？你認真的嗎！」

「當然，再說這局遊戲本來就不適合拖時間，越早結束反而對我們有利，而且這十分鐘那七臺車都會在競技場裡，也不用浪費時間去找。等入口重新開放後要再去處理敵人，反而會很麻煩。」

黃耀雪雖然不懂左牧在想些什麼，可是他知道只要照做的話就絕對不會有問題，若要說沒有不安，絕對是騙人的，但是有左牧在的話，這分不安就會轉變為希望。

左牧對他來說，就是有這種魔力。

黃耀雪搔搔頭，百般無奈地嘆氣，「總而言之，我只要負責開車就好了對吧？」

他的開車技術並沒有說特別好，可是既然左牧對他有信心，那麼說什麼他也得拿出本事來回應左牧的信任。

況且，三人之中只有他是最適合握方向盤的人選。

一想到左牧的人身安全就掌握在他手上，黃耀雪就覺得手心冒汗，緊張到不行，但一方面又有種難以言喻的興奮感。

「嗯，簡單來說就是這樣。」左牧朝兔子勾勾手指，示意他靠過來，接著就壓低聲音，在兩人面前悄聲說明自己的計畫。

『**遊戲將於一分鐘後正式開始。請各位玩家將車開至指定位置。**』

像是要打斷左牧的討論，廣播故意加快遊戲開始的時間。

一分鐘內，要讓包含他們在內的八臺車全部停到距離入口正對面的長方形車格，嚴格來說有點困難。基本上剛停完車，遊戲就會立刻開始。

另外七臺車的駕駛已經坐回駕駛座，並依照規定開往指定車格，左牧等人也迅速上車。車內的螢幕顯示出他們的車格位置提示，並同時開始倒數一分鐘。

除此之外，還有個姍姍來遲的遊戲提示。

「小牧，上面說後車箱有武器可以使用。」

黃耀雪提醒後，左牧便跟兔子打開後車廂。

雖然主辦單位故意在遊戲規則上刁難他們，甚至還擺出一打七的陣仗，不過後車箱所備的武器倒是還算不錯。

基礎手槍、半自動散彈槍，甚至還有火力強大、軍方常使用的卡賓槍，看到這些槍枝，左牧不由自主地想起羅本的臉，猜想他看到這些槍肯定會開心得不得了。

左牧雖然當過兵，但並不擅長使用其他槍枝，對他來說手槍就足夠了。

就在左牧認為兔子也會像之前一樣拿短刀作為主要武器的時候，銀色短髮掠過他的眼前，拿走擺在他前方的卡賓槍。

左牧很訝異，雖然他知道「困獸」在訓練殺手的時候，肯定會有槍枝方面的技術指導跟訓練，但他從沒見過兔子主動拿起刀子以外的武器。

「……兔子？」

聽到左牧略帶困惑的嗓音，兔子挪動眼珠，盯著他看。

左牧還沒搞懂兔子看著自己的眼神是什麼意思，就被黃耀雪按喇叭的提醒聲嚇得回過神。

「小牧，快上車！」

「知道了。」

左牧匆匆坐上後座，接著黃耀雪就踩油門加速往前。

車上只有黃耀雪和左牧兩人，兔子並沒有上車，而是選擇留在原地。

黃耀雪快速轉動方向盤，在倒數時間剩一秒的同時，將車開進車格內，緊接著螢幕瞬間顯示出整個競技場的地圖，左上角開始倒數十分鐘的開門時間。

車格是併排成一條線的，左牧他們的指定車格在中間，也就是說一開始他們就已經處於會被包圍起來的位置上。

十分鐘的區域限制時間開始，所有車立刻調頭面向他們的電動車，黃耀雪看了他們一眼後，切換檔位，快速向後退。

後方的空間雖然不大，但足夠讓他們逃脫並且轉向。

幾分鐘前還認為自己技術沒那麼好的黃耀雪，像條泥鰍一樣輕鬆繞過朝他們開過來的車子，即便轉動方向盤的速度很快，也沒有讓輪胎打滑或是失去控制，順利繞著橢圓形競技場開。

電動車開起來肯定比那七臺車來得困難，但黃耀雪的動態視力以及預判力十分精確，即便是在臨時的情況下，也能在車體距離不到三公分的狀況下順利閃過。

當然，由主辦單位所安排的車子並沒有那麼簡單。

兩分鐘過去，仍沒有一臺車碰到黃耀雪所駕駛的電動車，但狀況開始產生變化。

後座的左牧透過車窗確認那幾臺車的車體多出武器裝備後，出聲提醒駕駛中的黃耀雪：「他們開始行動了。」

聞言，黃耀雪看了一眼後照鏡，不悅咂嘴。

「還真的就跟小牧你說的一樣。」

「在這種狀況下，他們能攻擊的方式也就那幾種。」抓著車頂把手的左牧，看了一眼被所有車輛排除在外，連攻擊意思都沒有的兔子，「果然，他們不會攻擊被視為『重要商品』的兔子。」

即便是坐在高速移動的電動車內，當他看向兔子的時候，卻不知道為什麼能夠和他四目相交，就像是一直沒有將目光從左牧身上移開過似的。

被監視的恐怖、瘋狂般的執著，彷彿他的一切都是以他為中心運轉——左牧知道兔子「不正常」，但這就是他的生存方式。

他十分確信兔子能夠看見，於是便望向他，並用唇語下達命令。

「開始反擊，兔子。」

原本一動也不動，像個木頭人般的兔子，慢慢抬起腳往前走。

周圍充滿車子的引擎喧囂聲，與被車輪侵略過的地面而揚起的塵土，然而沒有任何一種對兔子來說是「危險」的存在。

瀏海下的藍色眼眸，閃爍厲光，就像是渴望鮮血的野獸，將眼前所有人視為自己的獵物。

作為困獸的價值，必須要是最強的，而作為左牧唯一能夠依賴的人，眼前所有可能會危害到他的因素，都要全數鏟除乾淨。

微微打開嘴，吐出白色的霧氣。

唰地一聲，兔子消失在站了兩分鐘的位置。

這段時間他已經「觀察」得非常足夠，所以知道該怎麼對付這些高速行駛的車輛，由於地區的限制，車輛會受到速限，並不會像在島上開放區域那樣無上限加速。

速度被控制、能行駛的空間也受到侷限。在這個狀況下，即便不是坐在車內移動，也能輕易朝他們發動攻擊。

七臺車仗著自己的車體優勢，掃尾、擦撞，或是迎頭衝刺，企圖用各種方式與角度來撞擊黃耀雪所駕駛的電動車，在幾次的攻擊無效過後，便決定啟動備用計畫。

武器攻擊。

車裝載著各種槍械與火藥，還有小型火箭，簡直就像是移動砲臺。

這些槍械並不需要手動操控，全都由車內系統的人工ＡＩ來執行，它們鎖定的目標，就是載著左牧的那臺電動車。

他們並不需要直接殺死左牧，只要銷毀載著他的車子就好。

左牧就算再神通廣大，也不可能在車子炸毀後安然無恙，畢竟他不是神，而是人。

掌握這些玩家性命的主辦單位，本該就是這個遊戲裡的神，無論是為了信譽、為了面子，還是為了私仇，左牧都必須死。

然而，主辦單位與這些執行殺人任務的駕駛都沒有把最主要的問題放在心上。

那就是受到所有人關注、被視為「困獸」完美商品的三十一號，絕對不允許左牧在任何情況下死亡。

至今飼養他的人，被他保護的對象，全都活得好好的，唯一的例外，就是他的上一任所有者——也是兔子唯一一個親手殺死的飼主。

但，那是例外。

所有人都知道，這件事不足以撼動三十一號的商業價值，尤其是他們親眼目睹他對左牧的過分執著。

如果將這份執著套用在自己身上，那麼他們就相當於得到最強大的武器。

在看臺上擺設的螢幕裡，那些戴著面具、沉默關注著競技場的觀眾們，並不在意這場遊戲誰會取得最終勝利，他們想見的，是「困獸」三十一號商品的實力。

兔子很清楚主辦單位跟組織的想法，也清楚這場遊戲的目的是什麼，可是現在的他並不是作為「困獸」的商品而站在這，是為了左牧。

咚！

在踩剎車準備轉彎的其中一臺車頂上，傳來重物墜落的巨響。

駕駛嚇了一跳，同時也感到困惑，因為這很不正常。

這裡的空間寬闊，不可能會有東西砸到車輛，更不用說車子還是在高速移動的狀態下，到底是什麼——

這名駕駛僅僅只覺得奇怪，還沒來得及思考原因，左側車窗就被拳頭砸碎。

黏著玻璃碎片的手臂伸進來，掐住他的脖子，如同鬼魅般的黑影，瞪大眼眸看著他，藍瞳散發出的光芒，讓人瞬間感覺像是被冰錐貫穿。

「呃啊！」

駕駛被用力拽出來，重摔在賽道上，很快就被其他車輛輾過。

事情發生只有短短幾秒，所以就連輾過他的人都沒料到會發生這種狀況。

失去駕駛的車輛失控自轉後，狠狠地往圍牆撞過去，車頭全毀，瞬間冒出火光。而徒手將駕駛拽出來的人影則是在車摧毀前跳下來，背對著火光，朝自己迎面開過來的車快步走過去。

正面開來的車目的並不是想要衝撞兔子，只不過是剛攻擊完電動車之後路過而已，沒想到竟然就看到兔子將駕駛徒手甩出去，任由他被其他車輾死的畫面。

而這個面不改色的殺人魔，現在已經盯上自己。

「該死——」

他原本想要轉動方向盤，盡可能離令人毛骨悚然的兔子越遠越好，可是已經來不及了。兔子在他轉向前就已經來到他的車頭前，將手中的短刀用力扔向擋風玻璃。

駕駛並不緊張，因為他們的車體都是有經過強化的，連子彈都打不穿！

然而，當他看到刀子刺穿眼前的玻璃，朝自己的左眼逼近的時候，才發現這個想法根本大錯特錯。因為三十一號並不是那種能夠用「正常觀念」來判斷的殺手。

刀子貫穿他的眼珠與腦袋，駕駛的頭部向後倚靠在座位，再也沒有動靜。

不，嚴格來說並不是靠上去，而是被刀子釘在上面。

失去控制的第二輛車從兔子的身旁飛速經過，不穩地往其他車撞過去。

剩餘的車輛看到後紛紛閃避，裝載火力的失控車輛，無疑就是移動式地雷。

在兩臺車毀掉後，存活的五臺車終於把目光放在兔子身上。

「搞什麼……這根本不是人吧？」

「他一個人毀了我們兩臺車？」

駕駛內部的通訊，紛紛傳出質疑的聲音，同時還有滿滿的恐懼。

即便知道兔子本來就是個怪物，但「知道」跟「親眼目睹」是兩回事。

正如左牧所料，兔子一出手就能讓人自然而然產生畏懼，不過他可沒打算憐憫這些人。

因為不值得。

黃耀雪將電動車停下，打開車窗。

持手槍的左牧朝其他車輛的輪胎開槍，聽見槍聲，駕駛們才回過神，重新啟動車輛分散開來。

四輛車順利開走，其中一臺車的駕駛只不過比其他人慢個幾秒鐘，就被兔子持卡賓槍抵住腦袋，近距離開槍轟掉。

鮮血與碎肉濺灑在車內，駕駛的頭顱就像是因爆炸而破裂，死相慘烈。

左牧的射擊的準度並不差，剩餘的四臺車有兩臺後輪中彈爆胎，雖然失去控制、無法再繼續駕駛，但並不代表它不具有威脅力。

兩臺車眼看開不動，便選擇待在車內，將車子作為固定砲臺，集中火力攻擊電動車。

當然，黃耀雪不可能給他們機會，他一見到駕駛剎車、放棄行駛的樣子後，就料到這些人心裡在盤算什麼，沒等他們攻擊，就先踩油門加速往前。

兩臺車追上來，緊黏在車尾燈之後，放棄用車體衝撞的他們，決定集中火力攻擊，以更強的火力朝車體射擊。

車內的黃耀雪和左牧稍微壓低身軀，聽著子彈打在車體上的聲音，看著一個個凹洞將車門毀掉。車窗玻璃被打碎，輪胎的狀況也很不妙，黃耀雪的臉頰和手臂雖然有被子彈劃過的痕跡，即便在流血，他也沒心思理會，全神貫注地緊握方向盤。

只要他一個判斷失誤，他跟左牧就會一起死在這，所以他就算被子彈打中也絕對不能停下來！

很快地，攻擊他們的車輛只剩下還能行駛的那兩臺車，輪胎受損而無法行駛的兩臺車則是被面無表情、衣服沾滿鮮血的兔子輕鬆處理掉。

剩餘時間不到一分鐘，還剩兩臺車。

兔子跟黃耀雪很清楚，現在處於上風的是他們。

黃耀雪急轉彎，開過兔子身旁，車經過後下一秒，兔子便消失在原地，並在神不知鬼不覺的狀態下蹲在電動車車頂。

兩臺車很明顯慌了，因為現在的情況跟他們原先的計畫完全不同。

黃耀雪將車頭對準他們，停止不動。

「碰碰車時間到。」黃耀雪勾起嘴角冷笑，接著猛踩油門往前衝。

不知道是不是被他們的氣勢壓迫而慌張，兩臺車竟然沒有選擇攻擊或是正面衝撞，而是加速倒車。

這兩臺車的駕駛技術確實很有一套，倒著車也能開得很穩，黃耀雪跟兔子知道他們是打算耗時間，等入口開放後就能逃出去，但他們不可能給這些人任何機會。

原本應該是被狩獵的獵物，反過來成為追殺獵物的獵人——這個情況，應該根本不在主辦單位所規劃的劇本中。

黃耀雪往左開，兔子則是往右側跳下去，他們很有默契地各自選擇攻擊目標後，以絕對不會放過目標的態度，正面迎敵。

兔子的移動速度遠比車還快，他能夠在最短時間內判斷車子可能移動的方向，並找出最短距離，以最快速度接近車子。

他拿出另一把短刀，準確無誤地扔向駕駛座。

左側車窗雖然也是防彈玻璃，但在兔子的扔擲力道面前，毫無保護能力。

不過，這個駕駛早料到兔子會這麼做，在跟他對上眼的同時便立刻壓低身體，刀子雖然擊碎車窗，不過也只有從他的後腦杓劃過去。

為了閃避攻擊，他下意識踩剎車，就在車子完全停下來的下一秒，他感覺到自己的後腦杓被冰冷的槍管抵住。

被恐懼吞噬的瞬間，耳邊傳來扣下扳機的聲音。

駕駛座被血腥味淹沒，人也沒了動靜。

另一邊，黃耀雪正駕駛著電動車追逐最後一臺車。

隨著入口開放的秒數越來越少，在倒數不到十秒的時候，黃耀雪跟這臺車的距離已經拉到無法閃躲的地步。

他並不是從後面追趕，而是直接朝車輛的側面前進。

黃耀雪握緊方向盤，估算角度與速度後，在快要碰撞對方的瞬間打方向盤，讓車頭稍微傾斜，以副駕駛座的方向為重心狠狠和對方的車體撞上去。

車輛撞擊力道很大，直接讓車往圍牆靠過去，雖然並沒有撞到圍牆，但直接吸收衝擊力道的左側車體卻凹陷，駕駛也因為猛烈撞擊而頭部受損。

入口處的鐵柵欄慢慢收起，通往建築物外的道路重新開放，可是競技場內的所有車輛都已經成為廢鐵，活下來的，僅僅只有左牧三人與最後一臺車的駕駛。

只不過，駕駛也已經奄奄一息。

左牧踹飛後座車門，忍受著強烈暈車的難受感，走了出來。

黃耀雪和兔子各自回到左牧身邊，像是凶神惡煞的左右護法一樣，面不改色地瞪著透過螢幕，將這短短十分鐘過程全部看入眼底的觀眾們。

左牧輕推眼鏡，在深吸一口氣之後，勾起嘴角輕笑。

「遊戲結束。現在，該把我們想要的東西交出來了吧？」

灰濛濛的濃霧，阻擋光線折射，讓人無法在霧中看清楚方向，甚至無從判斷敵人的位置。樹林安靜到連步伐的聲音都能聽得一清二楚，就連想要隱藏呼吸聲也相當困難，這對被怪物追逐的他們來說，非常不利。

這樣的環境，羅本並不是沒有實戰過的經驗，只是當時的他沒有受傷，而且還是單獨行動，現在他只能以非慣用手開槍，身旁還跟著兩個拖油瓶，能想辦法活下來就已經不錯了。

在離開裝滿武器的小屋前，羅本跟邱珩少簡單討論接下來的行動方案，雖然說是「討論」，但實際上也只是單方面聽邱珩少的命令。

羅本雖然不滿邱珩少的作風，可是不得不承認，邱珩少提出的想法還滿有用的，更不用說他還了解那些被強化過的怪物。攻擊模式、移動方法，以及尋找目標的判斷標準等，邱珩少都知道。

「那些怪物並不是完美的，他們的視力和嗅覺退化，取而代之是肌肉強健、聽力敏銳，因為只剩下最基本的攻擊、防禦這兩個指令，所以不用奢望能夠跟他們對話或是用擾亂他們思緒的作戰方式。」

「徒手攻擊、純粹靠聲音來辨別目標位置？哈……還真是完美的殺戮機器。』

「這種改良藥劑很受戰爭頻傳的國家歡迎。」邱珩少邊說邊聳肩，「雖然怪物沒有使用武器的智商，但本身就足夠致命，對那些傢伙來說，只要能夠確實消滅敵人就夠。」

「……不過，這些怪物並不是完全沒有缺點，對吧。」

「呵，我喜歡聰明的人。」邱珩少勾起嘴角，「我剛才不是說了嗎？他們只懂得攻擊跟防禦，想要阻止他們，只要能夠讓他們改為防禦模式就好。」

「防禦模式？」

「其實還有另外一種更快的方法，就是注射解藥，但我現在手邊沒有那種東西，也沒有餘力把解藥注射到他們體內。」

「好吧，那個什麼防禦模式的，要怎麼做？」

「很簡單，只要他們判斷目標比自己強大，自然就會轉換為防禦模式。」

「什麼鬼……我又不是兔子，怎麼可能比那些怪物還強。」

「那裡不是還有另外一隻兔子嗎？」邱珩少轉頭看向在門口把風的黑狼，「他剛剛可是操控那隻動物殺掉好幾隻怪物，只要他適當地在怪物面前展現出絕對的強大，他們就會進入防禦模式，停止攻擊。」

『……你認真的？』聽到他提出的餿主意，黑兔忍不住反駁，『我只是來保護羅本的，沒打算聽你這傢伙的指——』

「這方法還算不錯。」出聲打斷黑兔說話的，是羅本。

雖然看不見黑兔的表情，但可以想像螢幕面前的他現在肯定是張大嘴，用那雙像是要咬死人的眼神狠狠瞪著他看。

但，羅本並不打算收回決定。

「只要讓那些怪物不攻擊，我們就能越快前往中央小屋，霧的話也不是什麼大問題，畢竟我們還有做為GPS的謝良安幫忙。」

『嗯，交給我吧。』

停在架子上的藍蝴蝶輕聲回應，抖動的翅膀一閃一閃地，漂亮又美麗，但看在邱珩少眼中，卻很礙眼。

在黑狼去周圍確認沒有怪物在附近後，三人迅速離開，這時他們才發現迷霧變得比之前還要濃。

現在大約還能看得見一百多公尺內的範圍，但很快地他們就會完全被霧包圍，就算有謝良安跟黑兔的遠程輔助，在可見度低的情況下，反應會變遲鈍。

回想完在小屋的對話後，羅本重拾精神，小心翼翼跟隨在藍蝴蝶後方。

邱珩少跟明碩這次選擇跟在他後面，目的很明顯，是打算遇到危險的話就先扔下他閃人，就算知道邱珩少心裡在打什麼算盤，羅本現在也沒那個心力去管。

邱珩少看起來一點都不像是要跟他一起行動的樣子，對這個男人來說，就算他死了也不會對取得島主徽章這件事產生什麼影響。

好歹他們也算是之前有過交集的同伴，就算時間不長，他也曾經加入邱珩少的麾下，保護過他。

現在他倒是很後悔當時自己為什麼要保護這個男人了。

霧越來越濃，讓人產生怪物隨時會出現的錯覺。

很不幸的，羅本的直覺向來很準。

在穿過杉木林的時候，他總覺得樹幹有些搖搖晃晃，原本以為是錯覺，但從頭頂墜落的黑色影子，立刻讓三人意識到情況不對。

身體肌肉如石頭般堅硬的幾隻怪物，從天而降，一下子就把他們包圍起來。

他們明明沒有發出聲音，這些怪物是怎麼發現的！

「看來他們進化到連呼吸聲都能聽得一清二楚。」

邱珩少以一副沒什麼大不了的態度，冷靜地說著。

羅本懶得理他，和明碩各自舉起手槍瞄準這些怪物的腦袋。

霧雖然濃，但槍聲的穿透力卻仍然很強勁，就連槍管迸出的火花也能看得一清二楚。

碰碰碰！

「媽的！這些傢伙速度還真快——」

羅本開槍後就立刻躲避到岩石後方，比起不擅近戰的他，明碩倒是選擇主動出手攻擊，獨自一人鑽進怪物之中。

雖然不是「困獸」，但明碩的身手卻乾脆俐落，看得出來對於殺人這件事很有經驗，攻擊的全是人體脆弱的部位。

身體經過強化的怪物雖然勉強還算是個人，可是對於明碩的攻擊，卻一點反應也沒有，甚至沒有想過要去閃躲。

剛才羅本開槍擊中的部位，也只是造成瘀傷，子彈完全沒有打進身體裡。

肌肉的進化程度，令人不敢想像。

明碩眼看攻擊幾次無果後，便決定拉開距離。

兩隻怪物根據他的步伐習慣和聲音，準確判斷出他的撤退路線，先一步攔截，分別伸手抓住他的左肩與右膝蓋。

怪物的力道十分強勁，僅僅只是被抓住而已，明碩就覺得自己的骨頭好像快被掐碎。

碰碰！

兩發子彈準確命中怪物的手，與剛才不同，這次子彈確實貫穿無法造成傷害的手部肌肉位置。

怪物似乎也意識到子彈的危險性，果斷放棄獵物，退到迷霧中。

剛被抓住的位置還在隱隱作痛，雖然沒有受到明顯的傷害，但明碩很清楚衣服底下肯定早就已經瘀青。

「他們好像變聰明了，邱珩少不是說他們沒有判斷能力嗎？」

羅本拿著步槍走過來，他剛才使用的，是威力比一般步槍子彈威力更大、穿透力強的新型子彈。

目前這個子彈還在研發中，並沒有對外販售，雖然偶而能在黑市看見，但價格卻都高得離譜。

羅本雖然知道這個子彈的存在，可是因為沒有實際使用過，也不確定它是不是真有這麼厲害，直到今天他才確認這個新型子彈的實力。

「這次來的怪物比之前那些還要更難開槍打死，不知道是進化還是其他不同型態的怪物，總而言之，小心點沒壞處。」

羅本將槍背在胸前，誠心建議明碩。

明碩點點頭，「抱歉，是我魯莽了。」

其他怪物在看到羅本的步槍威力後，變得有些遲疑，似乎是在考慮要不要繼續進攻，但黑狼沒有給他們時間考慮，抓準他們停止攻擊的空檔，撲過去撕咬怪物的身體。

生物型機器人的力氣果然還是比較強，要用貫穿力更強的子彈才能破壞的肌肉，被黑狼的牙齒輕鬆撕開。

確認攻擊有效，黑狼便按照邱珩少的計畫，在怪物面前展現自己與他們的力量差異，果然，怪物們在看到黑狼將同伴撕成碎片後，停止攻擊並慢慢退後。

最後就像剛才那兩隻一樣，消失在迷霧中。

羅本感慨道：「沒想到你的計畫真的有用。」

邱珩少冷冷撇他一眼，「你是不是打從一開始就覺得不可能成功？」

「沒這回事，我只是單純討厭你這個人。」

邱珩少並不在乎羅本對自己的看法，他轉頭對明碩說：「你沒問題吧？我們要繼續前進了。」

明碩點點頭，「是，少爺您不用擔心。」

「繼續帶路吧，謝良安。」

『……跟我來。』

藍蝴蝶再次往前飛，而黑兔也操控黑狼一起同行，他們雖然能夠感覺得到被許多目光盯著看，但怪物卻再也沒有出現。

「你好像護身符一樣。」羅本朝黑兔說道。

黑兔用無可奈何的語氣回答：『煩死了，我又不是自願這樣的。』

霧越來越濃，而不知道隱藏在哪裡的怪物們，慢慢地朝三人聚集過來。

他們保持著安全距離，卻虎視眈眈，等待攻擊機會。

十多分鐘後，他們終於穿過杉樹林，隱隱約約看見木屋的模樣。

那是間很小的屋子，就像是提供給登山客休息的山屋。

屋簷很大，幾乎要覆蓋到一樓窗戶，不知道為什麼要遠離地面而建造兩層高度的樓梯，感覺溼答答的、沒有人住過，即便距離很遠，也像是能夠嗅到潮溼的發霉氣味。

他們原本預測主辦單位所指的「安全區域」是這棟木屋，可是當他們到達這裡後，卻什麼事情都沒發生。

是跟上次一樣，故意慢好幾拍才會廣播通知?或者是他們根本就來錯地方了。

可是，木屋周圍是唯一沒有霧的地區，濃霧就像是刻意避開這附近，完全沒有飄過來。

不管怎麼說，總算是離開那片讓人煩躁的霧。

然而，事情似乎並沒有轉往好的方向。

他們一踏入木屋所在的區域，就明顯感覺到一種難以言喻的壓迫感，那是在杉木林裡沒有感受過的氣氛，令人直覺感到不安。

「地面是不是在震動？」

敏感的羅本，皺緊眉頭垂下眼。

還沒來得及聽見邱珩少和明碩的回答，鞋尖前方的泥土地突然伸出一條蒼白的手臂，差點沒把他嚇死。

雖然他靠著自己極佳的反射神經，躲過這條手臂，可是卻有更多從地裡面冒出來，就像是有無數人被埋在地面下掙扎一樣。

邱珩少和明碩也被這樣的景象嚇了一跳。

手臂數量越來越多，眼看就要沒有他們站立的空間，在被逼迫的情況下，三人只能先往樓梯方向撤退。

不知道什麼時候，藍蝴蝶已經消失不見，只剩下黑狼跟著他們。

黑狼俐落地從木製橫梁跳過去，不到三秒時間就到達傾斜的大片屋簷上方，俯瞰周圍的狀況。

『先上來！』

黑兔親眼確認這些手臂不會攻擊木屋之後，大聲指揮。

三人全都爬上樓梯，回頭一看，才發現這些虛弱揮舞的手臂，已經填滿整片地。

「怪不得怪物不會過來，原來不是霧的問題。」羅本一看到這個密密麻麻的景象，忍不住起雞皮疙瘩，覺得很噁心。

把人爆頭、讓雙手沾滿鮮血與人體組織都比這好。

邱珩少倒是覺得困惑，摸著下巴喃喃自語：「奇怪……這些手臂應該不怎麼危險才對，為什麼他們會判斷這東西的力量在他們之上？」

「可能是這個原因。」

明碩踹下樓梯扶手旁的一塊木頭，隨手往手臂裡扔過去。

在抓到木頭後，手臂的肌肉突然膨脹、充滿青筋，瞬間就把木頭捏成碎塊，並把它拖進地底下。

親眼看到明碩實驗的結果，邱珩少和羅本十分驚訝。

但他們並不是因為手臂太過超出常識，而是沒想到明碩竟然比他們還要快看出這些手臂的危險性。

明碩望向兩人投射過來的質疑目光，眨眨眼，不懂他們為什麼會是這種反應。

「既然是鬼，那就表示他們注射的是同個藥劑吧。」

在說出自己的理論後，羅本和邱珩少才恍然大悟。

不知道是不是想太多，還是說下意識沒把這些手臂當成島上的「鬼」，所以並沒有聯想到這個可能性。

明明兩個人平常都很聰明，不可能連這種事都沒發現才對，沒想到竟然會在這種時候腦袋當機。

他們很有默契地決定不再討論，而是繼續爬樓梯，來到木屋門口外的平臺。

木屋正門在感應到邱珩少的手環後才開啟，與室外不同，木屋內的溫度更低，溫差明顯到門才剛打開就令三人退避三舍的程度。

『你們在幹嘛？』

黑狼抬頭看著三人，疑惑怎麼只有他自己走進去。

羅本臉色鐵青，不停打冷顫。

「臭兔子，不在場就別碎碎念。這裡面跟冷凍庫一樣，冷到不行。」

黑狼甩甩尾巴，即便看不見黑兔現在是什麼反應，也能大概想像得到他肯定會擺出不屑的態度，不把他的話當回事。

邱珩少率先走進去，明碩和羅本互看一眼，慢幾秒才跟上。

木屋裡什麼也沒有，寬敞的空間裡，只有一個不應該出現在建築物裡的石井。

石井被木板與鐵釘封緊，不過似乎沒有封得很牢靠，可以清楚聽見從木板縫隙中傳出風聲。

規則很清楚寫著島主徽章就在這裡，既然屋內只有這口井的話，那麼很明顯地，徽章肯定在那。

三人邊呼出白霧，邊靠近石井。

果然，封住石井的木板上有枚徽章，它看起來就像是隨手扔在這裡的，讓人一瞬間懷疑這會不會是假貨。

邱珩少伸手拿起來，仔細檢查。

「應該是真的島主徽章。」

羅本鬆了口氣，「那現在我們能——」

話還沒說完，整棟木屋就突然劇烈地左右晃動，就像是有人拽著整個木屋在搖一樣。

石井邊緣的地面開始裂開，三人見狀，立刻向後遠離，但很快又因為晃動不穩的關係而東倒西歪。

「這是怎麼回事？」

「嘖，誰知道！」

面對羅本茫然的提問，邱珩少不快地咂嘴回應。

好不容易移動到窗邊的明碩，用槍托砸破窗戶玻璃後往外看，這才發現原來讓木屋左右搖晃的罪魁禍首，是從地面伸出來的那幾條手臂。

它們現在正憑藉自己強壯的肌肉，抓住架高起木屋的柱子，與其說它們是想要把人搖下來，倒不如說是想直接毀掉木屋。

由於石井的關係，最先裂開的位置就是從它周圍開始，雖然不知道這些手臂到底想要幹嘛，但很顯然這樣下去，他們絕對會死。

『從石井逃走！』黑狼說完後，叼起羅本的衣服，帶著他衝到石井上面。

羅本踩著石井邊緣，確實站在這裡就不會受到搖晃干擾，看樣子這確實是他們唯一的退路。

於是他將槍口向下，朝木板近距離連續開槍。

被子彈破壞的木板成為碎片，掉進漆黑不見底的石井深處。

羅本沒有猶豫，直接跳進去，黑狼也緊跟在後。

不確定深度，也沒辦法判斷這底下有什麼，萬一是陷阱的話他這次就真的必死無疑，但就算繼續待在木屋裡最後也還是會死，那不如冒風險賭一把。

向下墜落幾秒後，羅本墜入海水中。

落水的聲音很響亮，而且意外的，墜落的距離並不是很長，看來他賭對了。

因為石井的位置很奇特，再加上從石井裡有風吹出的關係，很明顯地，石井是連接到島的正下方。

風裡夾雜著淡淡的鹹味，是海水，但如果是直通大海的話，就不可能有風吹進來。所以他依照觀察出來的結果，合理判斷石井裡的情況。

石井下方有一個空間。

他們登島的時候也是從島的正下方進入，所以下面存在其他洞窟是合理的，只是不知道那裡是什麼地方、有沒有其他狀況，又或者——會不會是怪物的巢穴。

但在跳下來的時候，羅本根本沒時間思考這些問題。

「噗哈！」

羅本向上游出水面，大吸一口氣，慢慢往岸邊移動，好不容易終於能喘口氣，但游在他身旁的黑狼卻在上岸後用力甩身體，把所有的水全部往他身上灑。

雖然不爽，但羅本也沒辦法說什麼。

比他晚跳下來的邱珩少和明碩也在他之後爬上岸，海水直接灌入鼻腔，讓兩人猛咳嗽。

因為羅本有事先憋氣，所以他沒有像這兩人一樣狼狽。

「果然和我想的一樣。」

羅本抬起頭看著上方的洞口，他們就是從那裡掉下來的，也就是說現在他們的位置位於島中央。

底下的空間很大，能走的路雖然有不少，但應該每條路都能通到外面。

他並不是隨便說說的，而是因為每條路都能感覺到有風吹在臉上，就算洞穴裡看起來錯縱複雜，好像很容易迷路的樣子，不過也有可能它們全都是能通到外面的正確出口。

「該死……拿到徽章之後，機關不是應該就停止了嗎？」邱珩少不滿地抱怨，「為什麼那些東西會突然像是瘋了一樣，把房子毀掉？」

「誰知道。」羅本聳肩，「但依照主辦單位的做事風格，從現在開始應該就不會再出現什麼危險。」

「媽的，要是再突然冒出什麼東西來，我絕對會殺人。」

邱珩少看起來是真的很不爽。

很不幸的，他說的話成為了事實。

洞穴裡迴盪著低沉沙啞，像是有東西卡在喉嚨裡的呻吟聲，在光線昏暗、沒辦法清楚看見通道內部的情況下，這個聲音聽起來令人毛骨悚然。

當然，他們所有人都有聽見，而依照這座島的遊戲設計，發出這種聲音的，百分之百是怪物。

『……雖然現在說這個不太好，但你接下來可能得靠自己了。』站在羅本身旁的黑狼突然開口，並抬起頭，『我有事，沒辦法再操控這傢伙。』

羅本聽出他的意思，點點頭。

『謝良安說過，如果無法繼續手動操控的話，它就會自動轉換成防禦模式，也就是說它會跟在身邊保護你，但你沒辦法對它下令。』

「從這點來看，生物型機器人的操控方式跟那些被注射藥劑的怪物有點像。」

『因為這是最快最方便控制人偶的方式。』

說完這句話之後，黑狼便不再開口。

羅本可以從這條狼散發出的氣氛感受到，黑兔已經關閉手動操控模式。

黑兔跟操控藍蝴蝶的謝良安一前一後離開，讓羅本直覺認為快艇可能出了什麼狀況。

看樣子他們得快點離開這裡，回去跟他們會合。

「喂，邱珩少，你聽見了吧？謝良安那邊可能有狀況，我們沒時間繼續磨蹭下去。」

「說得容易。」邱珩少指著出現在漆黑通道裡的身影，皺眉反問：「如果不解決那些傢伙，我們哪都去不了。」

羅本順著他手指的方向看過去，果然看到那些搖搖晃晃、步伐蹣跚的人影。

與之前那群怪物不同，這些人的身形普通，可是狀態有些奇怪。

在產生懷疑的同時，羅本看到其中一個人影晃到光線下，見到那副噁心的模樣後，他頓時瞪大雙眸，下意識感到反胃。

這些看似緩慢、沒什麼威脅性的人，身體居然全都腐爛，甚至破了個大洞，內臟垂掛在腳邊，骨頭也能看得一清二楚，有些甚至腦袋還被削掉一半。

他們的嘴巴就像是闔不起來一樣，發出沙啞聲。所有人的眼睛都是向上吊著，沒有在看著前方，似乎根本不需要靠視覺辨認路跟方向。

但，很明顯這些傢伙知道他們三個人的位置，雖然不快，卻逐漸慢慢靠近他們。

「這些人的狀態很奇怪。」

羅本握緊步槍，做好準備。

雖然槍枝浸水後開槍會有卡彈的危險，但他們所使用的槍枝都是最新型號，所以並不用擔心會發生這種問題。

邱珩少觀察這些人的模樣，摸著下巴思索，「看起來是中了毒，這些人的手腕上都有手環，應該是之前來攻略這座島的玩家。」

「中毒？難道是這個洞穴裡——」

「不，毒就是他們本身。所以最好別被他們抓到。」

「那就得快點離開這裡，我看他們人越來越多了，再這樣下去我們會很難離開。」

三人趁這些看起來像是活屍一樣的人還沒完全把路堵死前，往通道移動。

幸虧他們的動作緩慢，又有些笨拙，即便數量很多，但只要冷靜繞過去的話就不成問題。推測這些人沒能逃出去，反而中毒變成活屍同伴的原因，就是因為過於害怕，才會沒辦法冷靜判斷是否該忍住恐懼慢慢繞過這些活屍離開。

就算活屍的外貌確實跟腐爛的屍體沒什麼不同，還因為順風的關係，不時能夠聞到他們身上那股屍體才有的惡臭味，但這對羅本三人來說並不成什麼問題。

一個是長年待在戰場上的職業軍人，一個是能夠不眨眼睛開槍把人頭打爆的瘋狂研究家，一個則是將殺人視為自己本業的殺手。

活屍群在他們面前，根本就不具有任何威脅。

更不用說無須經過戰鬥，就能順利溜走，這簡直輕鬆到讓人有些心虛。

「話說回來，謝良安不是要我們到岸邊打暗號，他們就會來接我們嗎？」在穿過活屍群的時候，邱珩少仗著這些傢伙聽不見聲音，十分大膽地和羅本聊天。

羅本頓了一下，臉色不太好地回答：「這倒是。」

他們怎麼樣也沒想到，從木屋拿到島主徽章後，會墜落到這種地方來。

左思右想後，他只剩一個想法。

「要不我們就等黑兔重新跟這條黑狼連線怎麼樣？」

「你傻嗎？誰知道要等多久，萬一他們被殺的話，不就沒人來接應了？」

「謝良安要是死了的話，我也會死，到時候你就可以跟你的跟屁蟲一起閃人，不用管我們。」羅本邊說邊聳肩，完全不把邱珩少的話當回事。

邱珩少不爽他這種態度，但因為是事實的關係，也沒辦法反駁。

可是，一想到眼前的羅本隨時有可能因為謝良安的關係而死亡，他的心情就怎麼樣也好不起來。

大概是覺得以後吃不到這傢伙做的菜，有點可惜吧。

「哈啊……想吃你做的三明治了。」

「啊？你突然之間說什麼……」

一邊鬥嘴一邊前進，即便路途漫長也像是眨眼就過去，完全感覺不到時間的流逝。就這樣，三人一狼順利走出洞窟，但眼前出現的，卻是佈滿暗礁的海岸。

因為這座島的周圍都是這種地形，所以他們並不意外，只不過想要繞到他們登島的入口位置，就必須得往上爬。

三人想到這個結論，同時抬頭仰望岸頂。

「看來我們只能往上爬。」

「該死……我可不幹這種勞動。」

「少爺，我背你吧。」

望著眼前的高度，三人意識到一個事實。

他們真不該乖乖聽左牧的安排，挑這座島攻略。

其實三個人都很不想爬。手邊沒有攀岩裝備，徒手爬上去根本是不可能的事。就在他們盯著滑溜溜的岩壁，思考該從哪下手的時候，洞穴裡突然有個黑色的影子飛出來，牠的速度很快，令人措手不及。

明碩和羅本迅速舉槍瞄準，卻發現停滯在空中的，是隻體型巨大的貓頭鷹。羅本見過它。

之前在杉樹林裡的時候，它就一直跟著，當時因為這隻貓頭鷹沒有攻擊的意思，所以他並沒有多想，完全沒想到它竟然會出現在這裡。

貓頭鷹輕輕拍動翅膀，將腦袋轉成一百八十度角，眼瞳閃爍著紅光。

「真讓人毛骨悚然。」邱珩少皺緊眉頭，比起反射性舉槍的兩人，他的態度倒是很淡定，並沒有對這隻貓頭鷹感到厭惡。

『咳咳！』貓頭鷹傳出咳嗽聲，像是在清喉嚨、確認通訊，『喂，聽得見嗎？』

「哈！這該死的聲音……」邱珩少認出黃耀雪的聲音後，忍不住笑出來，單手插腰，抬起頭大聲回應：「聽見了！為什麼是你在操控那隻貓頭鷹？」

『正確來說不是操控，只是透過另外一隻機器人連線通訊而已。謝良安那邊出了點狀況，所以我打算啟用B計畫。』

第一次聽見「B計畫」的三人，露出狐疑的表情。

隨後，一臺直升機從島的另一側出現，停滯在貓頭鷹身後。

黃耀雪透過貓頭鷹對三人說道：『這就是B計畫。』

羅本等人交換眼神，二話不說選擇接受黃耀雪所準備的備案。

攀岩跟直升機，不用想都知道選哪個才是正解。

／

黑兔取下耳機、將手把放在地上並關閉螢幕，起身往駕駛座走過去。

謝良安還在專心敲打鍵盤，而魯斯則是在看到他走出來之後，抬起頭。

兩人對上視線，即便沒有開口說明，也能知道彼此心裡在想什麼，因為他們都是「困獸」，而且還是持有號碼的佼佼者。

「我還以為你不打算離開艙房。」

魯斯故意調侃黑兔，擺明指責他沒把左牧交代給他的任務放在心上。

黑兔不以為然地聳肩，他早就習慣魯斯這種態度，也不會因為這點程度的挑釁就受到影響。

「要是我真沒打算做事，現在就不會乖乖待在這裡。」他垂眸瞪著魯斯，「就算有人下達命令，也要被命令的對象乖乖聽話，才能成立。」

「哈！你現在是在拐彎稱讚自己是隻聽話的小兔子嗎？」

「你不也是這傢伙最忠實的狗嗎？」

黑兔雖然沒有指名道姓，但兩人心裡都很清楚他在說的人是誰。而成為這句話的中心人物的謝良安本人，根本沒有把兩人的交談內容聽進去，突然從椅子上跳起來。

「雷達搜索顯示海裡有物體正在接近我們，而且不只一個，數量很多。」

「是動物吧，體型還滿大的，是鯨豚類？」

黑兔摸著下巴，凝視平靜的海面，似乎知道海面下的狀況，也知道牠們是從哪個方向過來的。

當然，不只是他，就連魯斯也看出來了。

魯斯雙手叉腰，勾起嘴角睨視黑兔。

「你這兔子耳朵還真靈。」

「不好意思，我再怎麼說也只是個普通人，要是我能不靠雷達聽見海裡的情況，那我應該考慮轉職而不是繼續做殺手。」

就算知道魯斯說這話並不是認真的，但他還是忍不住想吐槽一下。

他會放棄操控黑狼，選擇離開船艙的原因，是因為他看到螢幕顯示出的雷達畫面，那個切割畫面跟駕駛座的雷達同步，所以他並不是單純只是坐在那輔助羅本他們而已。

從雷達上他可以看見些許動靜，可是既然他是看到才出來的，那就表示謝良安也應該早就看到了才對。

讓他激動到從椅子上跳起來的原因，應該不是因為發現雷達監測到的物體。

「嘖！明明我已經把主伺服器完全跟他們切割開來了，結果還是被鎖定位置，看樣子應該是那個無線耳機搞的鬼。」

「無線耳機？你是說左牧先生之前跟主辦單位交易拿到的那個東西？」

「對，左牧先生請我利用它反向搜索主辦單位的位置，雖然我已經先做過安全檢查，沒有發現裡面安裝什麼奇怪的程式……」

謝良安邊說邊從口袋裡拿出無線耳機，反覆檢查後，打開蓋子，從裡面把耳機拿出來，扔在地上狠狠踩碎。

一側耳機沒有什麼問題，但另一側的耳機踩碎後，卻發現裡面有個閃爍紅光、僅僅只有指尖大小的物體。

謝良安再次咂嘴。

「該死……居然是藏在耳機裡面，而不是外殼。」

正常來說最率先檢查的部分，肯定是體積較大的外殼，由於耳機是需要通訊的重要物件，所以照道理來講不會在上面動手腳。

礙於手邊所擁有的資源，他能針對道具做的檢查並不多，可是他仍不得不承認，自己大意了，居然沒想到主辦單位很有可能也預料到左牧的計畫，知道他不是真心想要提出三個問題，才進行交易，而是想要取得跟主辦單位單獨通訊的手段。

左牧很確信他所提出的這個條件，主辦單位會私下提供通訊器給他使用，畢竟發問方是他，被動接受問題的主辦單位只能用這種方式來兌現交易。

「抱歉，是我大意了。」謝良安將紅色光點用力踩爛，頭痛萬分地說：「可能它是設定成當我透過它連上主伺服器，找尋訊號來源的時候才會啟動，而且因為這東西只會發送訊號位置……所以能夠躲過系統檢測。」

「類似遇難信號那種東西？」

黑兔歪頭，語氣中倒是沒有責備的意思，只是單純提問。

謝良安點頭回應。

「雖然你沒想到，但左牧先生倒是預測到會有這種情況，要不然他也不會把我跟馴獸師留在這艘船上。」

撇除兔子，他跟魯斯是這艘船上最強的殺手，保護謝良安跟快艇是最適合的人選。

雖然他也不是一開始就意識到左牧的計畫，不過在看到雷達以及無線耳機的情況，便不難去推敲出來。

而左牧會選擇通行證消耗量大、攻略時間短的群島的其中一個理由，應該也是想要預防這種情況發生。

不得不承認，左牧確實想得很遠，將各種情況都考慮在計畫內，就算事情沒有照著他的預測走，但也有很大的調整空間——更重要的是，不管他們在遭遇狀況時做出什麼樣的決定跟判斷，都不會對原計畫造成影響。

與其說左牧很聰明，倒不如說他比任何人都要來得狡詐，而且他也沒有打算輕易向主辦單位妥協。

「喂，能看見那些傢伙了。」

一直專心盯著海面狀況的魯斯，出聲提醒兩人。

謝良安冷汗直冒，看向海面濺起的幾道水花，以肉眼可見的速度逼近，那種壓迫感讓他心裡害怕得不得了，身體也不斷顫抖，但他卻努力不讓自己產生逃跑的念頭。

他必須保護這艘船，也不能就這樣傻傻被殺，好不容易才終於讓左牧對自己另眼相看、鼓起勇氣面對曾經帶給他死亡威脅的敵人，所以他——絕對不能在這種時候退縮。

「準、準備好，我們要反擊。」

魯斯將謝良安的恐懼看入眼底，走到他身邊，用力揉亂他的頭髮。

「哇啊啊！大、大叔！你在幹嘛？」

魯斯把手收回，勾起嘴角看著將視線上仰，無知純真盯著他看的謝良安，笑嘻嘻地說：

「別擔心，小子。有我在。」

真的很神奇，僅僅只是一句話而已，就讓謝良安的心冷靜不少。

冰冷的手腳好像稍微找回一些溫度，心裡也變得踏實許多。

「嗯……對！我有大叔在！」

黑兔看這兩人完全把自己撇除在外，厭惡地皺起眉頭，擺出不耐煩的表情。

他雖然沒興趣跟這兩人打好關係，但這種明顯的差別待遇，多少還是會讓人感到不爽。

「那些傢伙在海裡，我們很難攻擊。那些傢伙該不會就是料到這點，才安排海洋生物過來攻擊我們吧？」

「不行，對方數量太多，如果讓它們接近快艇，很有可能會讓船體受到損傷，要是引擎被攻擊、失去動力的話，損失最大的會是我們。」

謝良安重新坐回椅子上，快速敲打鍵盤，像是在下達指令。

「我會操控附近海域的生物型機器人過來，把它們當成自殺型攻擊武器的話，應該多少能夠減少敵人數量。」

「你是想讓生物型機器人互毆嗎？」

「不……」謝良安停止動作，抬頭對黑兔說：「重點不是那些生物型機器人，而是藏在它們身下，躲避雷達追蹤的敵人。」

一聽到謝良安說的話，黑兔跟魯斯都驚訝地看著他。

確實，躲避在海洋動物身下來避開雷達搜索是潛水艇常使用的潛行方式，但不熟悉這類戰術的謝良安，怎麼會知道這點？

謝良安並沒有發現兩人正用怪異的表情盯著自己看，認真地透過程式碼直接向生物型機器人下達指令。

雖然他也想過直接操控那些想要靠近他們的生物型機器人，會比較快，但主辦單位把那些生物型機器人的系統層層加鎖，等他解碼完畢、取得控制權，它們早就已經撞上來了。

輸入完指令後，謝良安按下 Enter 鍵。

快艇周圍的海面底下，慢慢有魚群聚集，數量多到周圍的海都被影子染成黑色，可以想像底下已經聚集多少生物型機器人。

接著，它們很有默契地統一朝那些直撲而來的水花衝過去，幾秒鐘後，海面底下傳來一聲聲爆炸，濺起的水花就像噴泉般湧出，數量很多，爆炸威力也十分強勁，將海面晃動得很不穩定。

快艇左右搖晃，被海浪推開一小段距離，謝良安發動引擎、穩住船舵，才好不容易讓船平靜下來。

他成功了，他成——

因為自己的計畫相當順利，而感到欣喜的謝良安，開心地抬起頭來。

然而，甲板卻有個黑色的人影，抬起頭與他四目相交。

當下他整個人震住身體，完全無法動彈，眼睜睜看著那個人朝他拔槍。

碰！

不是槍響，而是揍人的聲音。

黑兔瞬間從旁邊冒出來，一拳狠狠打在那個人的臉頰上，趁對方搖搖晃晃、腦袋暈眩不清楚的狀態下，拽住他的衣領，直接把他推下船。

一瞬間停止呼吸的謝良安，回神後才想起要用鼻子換氣，眨眨眼看著面不改色的黑兔。

還來不及高興，因為船的邊緣有更多的殺手爬上來。

謝良安冷汗直冒，瞳孔不安顫抖著，然而黑兔卻興奮地抬起手，從手指關節裡發出咯咯聲響，咧嘴一笑。

「哈！用拳頭揍人果然還是比玩遊戲手把來得爽。」

甲板上陷入混戰，黑兔以一打十的魄力，輕鬆收拾掉那些入侵快艇的殺手。

因為沒看見魯斯而有些慌張的謝良安，轉過頭才發現他的大叔正默不吭聲地黏在自己身後，差點沒把他嚇個半死。

「大、大叔？你怎麼不過去幫忙！」

「七號自己會看著辦。」

「可是那麼多人……」

「小子，你根本不用擔心這種問題。」魯斯伸手拍拍謝良安的頭頂，「再說那些殺手不是困獸的人。」

魯斯瞇起眼，仔細觀察入侵者，「不知道是從哪雇來的殺手，光是那點程度，根本就不會是七號的對手。」

他的語氣冷淡、不帶任何感情，就像是純粹的旁觀者，對眼前發生的實際情況做出中立評論。

這些三流殺手的登場，並沒有讓魯斯放下警戒心，反而變得更加小心翼翼，否則他也不會和謝良安貼得這麼緊。

從之前那座島的情況來判斷，主辦單位使用困獸如此大量的人力，結果不但沒有取得令人滿意的成果，還消耗了不少棋子。

即便困獸並不在意，但他們也不傻，損失大量商品對身為商人的他們來說，沒有任何益處，就算再想從左牧手裡把三十一號搶回去，也會去衡量損益，選擇撤退的時間點。

按照魯斯對「困獸」的了解，他們很有可能會取消跟主辦單位的合作，從這次的遊戲中退出。

畢竟他們在這場遊戲的立場，一直都是協力者而不是合作方，就算主辦單位的幕後團隊所擁有的勢力、金錢或是地位再高，「困獸」也不會再繼續做虧本生意。

從這次派來的殺手來看，他的推測應該是對的。「困獸」跟主辦單位的合作關係，在左牧等人順利從雙子群島撤離後便結束了。

這個結果讓逃離計畫的成功率大幅提升，而且在這種情況下，那些持有「號碼」的VIP玩家也很有可能不會再冒風險，消耗掉珍貴的商品。

十三號的買主，應該也會選擇收手不管。

畢竟他們這裡可是有「馴獸師」和兩隻兔子，行動前肯定會再三考量。

林在把他拐過來這裡之前，肯定已經料到事情可能會變成這樣。

不得不承認，雖然那個男人很討厭，但他這次真的幫了他一把。

「大叔……真的不要緊嗎？」謝良安膽怯地抬起頭看他。

魯斯勾起嘴角，「相信大叔吧。」

謝良安注視著他的視線，讓人感到溫暖，那是不參雜任何一絲雜念、最純粹的信任。他很喜歡百分之百相信他的謝良安，所以絕對會保護他、不讓他受到任何傷害。

從他回到謝良安身邊的那個瞬間開始，他就絕對不會再讓主辦單位碰他一根手指。

「看來你剛才操控魚群作為攻擊的方式很有效果，敵人少了滿多的。」

「是是是、是我殺掉的嗎……」

看著謝良安不安顫抖的表情，魯斯再次把手掌放在他的頭上，給予安慰與肯定。

「你沒有殺人，而是在保護自己。」魯斯冷冷地看著清理完入侵甲板的所有殺手，衣服、雙手沾滿鮮血的黑兔，瞇起眼眸，「你跟我們不同，所以，殺人這種事交給我們來就好。」

黑兔和魯斯對上視線，即便沒有透過言語交談，他們也能進行溝通。

「現在甲板很髒，你別下去，乖乖待在駕駛座。」他好奇地低頭問：「話說回來，你不繼續協助他們沒關係嗎？」

「啊……沒關係。因為怕快艇被攻擊的狀況下，我沒有辦法輔助，或是即時過去接他們回來，所以黃耀雪先生幫我另外安排了B計畫。」

「B計畫？那個看起來沒什麼用的傢伙能想到什麼好主意？」

「大、大叔，你別這樣說啦！黃耀雪先生還藏了個後手，他剛跟我提議的時候，真的把我嚇一大跳。」

魯斯原本打算繼續追問，但空中卻突然傳出螺旋槳的聲音，讓他急忙用手臂護住謝良安，把他用力往下壓。

「等等！大叔，那個是——」

謝良安想要解釋，頭卻被壓住，完全抬不起來，只能努力揮手掙扎。

好不容易終於掙脫出來，急忙開口：「那個是黃耀雪先生的直升機！」

「……啊？」

不僅僅是魯斯，就連剛洗完手，從樓梯走上來的黑兔聽見後也露出驚訝的表情，不敢置信地看著直升機。

梯繩扔下來，懸掛在直升機旁，將羅本等人放在甲板後便瀟灑撤離。

羅本臉色鐵青看著沾滿鮮血與屍體的甲板，光是想到要打掃這些東西，心裡就很不爽。

「這裡到底是發生什麼事……噗嗚！」

剛下來不到一分鐘的羅本，立刻就被從二樓跳下來的黑兔撲倒。

幸好他腰力不錯、反應也算快，即時抱住黑兔，否則他就要整個人摔進噁心的血泊中。

「你這該死的——」

「我餓了！說好要煮飯給我吃的。」

羅本臉上青筋爆出，很想就這樣把黑兔扔進大海。

不過在他動手前，一旁的邱珩少倒是黑著臉，相當不快地揪住黑兔的後頸，用力把人從羅本懷裡拉開。

黑兔翻了個圈，輕鬆落地，但表情卻像是要把邱珩少咬死一樣。

「你做什麼？」

「我只是在解決令人不快的畫面而已。」

兩人幼稚的吵嘴，羅本並不想理會，與冷汗直冒的明碩不同，他並不想要被牽扯進去，更何況這兩個人只是因為喜歡他的料理才會這樣。

「羅本先生！」站在二層駕駛座的謝良安，看到羅本安然無恙回來，開心地朝他揮手。

羅本朝他點頭示意後說道：「總而言之，我們先去跟左牧他們會合吧。」

「知道了，我馬上開過去。」

謝良安乖乖坐回椅子，將快艇開往左牧三人所在的島嶼。

一路上感到疲憊的羅本，並不是因為才剛參與過遊樂設施的關係，而是被站在自己左右兩側的黑兔與邱珩少搞到頭痛。

「先做飯給我吃。」

「不對！是要先做給我吃！」

「啊？憑什麼？」

「喂，臭傢伙。剛才在鬼屋輔佐他的人是我，你根本連甩都不甩他，還敢吃他做的東西？」

「不過就是遠端操控機器人而已，有什麼好自滿的？」

「至少比你有用。」

「……小子，別以為你是『困獸』我就動不了你，我有很多種方法能殺你。」

「哈！試試看啊？」

黑兔跟邱珩少是真的槓上了。

他們兩個雖然原本對彼此沒有什麼太大的感想，甚至沒放在眼裡，直到產生「想吃羅本的料理」這個交集點，兩人之間才從漠不關心變成覺得對方礙眼的關係。

明碩很想阻止，卻心有餘而力不足，只好對羅本投以期望的眼神。

當然，羅本並沒有要想辦法的意思，累個半死的他現在只想坐下來休息。

載有屍體與鮮血的快艇，很快就來到左牧所在的島嶼，船停靠前就已經可以看到三人在沙灘邊等他們。

黃耀雪的頭頂停著一隻海鷗，旁邊沙灘上的漂流木則有隻貓頭鷹停在那。

左牧見到他們下船踏上沙灘，用一副像是等待許久的態度，面無表情地和他們說：「跟我來。」

謝良安和羅本對看一眼，才跟上去，其他人也安靜地走在他們身後。

左牧帶著他們來到建有木製平臺的空間，這裡除了放著L型沙發，甚至還有鋪著漂亮桌巾的矮桌，以及遮陽的屋簷。

怎麼看都覺得這不是幾分鐘就能建造出來的地方。

「不用擔心，這座島目前沒有危險。我們把人都解決掉了。」

「解決？」羅本皺眉，「聽起來你們這邊的完成遊樂設施的速度，比我們快。」

「真正進行遊戲只花了十分鐘左右。」左牧邊說邊坐下來。

兔子以最快速度占據左牧身旁的位置，至於黃耀雪則是識相地從旁邊的餐車上拿起果汁，放到左牧面前。

這畫面怎麼看都覺得左牧是來度假的，完全沒有一點緊張感可言。

那他們剛才遇到的那些該死的殺手跟危險，到底算什麼？

左牧見他們沒有反應，便再次開口：「你們是怎樣？臉還真臭。」

「我開始覺得你是不是故意把比較麻煩的遊樂設施扔給我了。」羅本真心回答，嘆口氣之後坐在沙發的另一側。

其他幾個人也紛紛坐好，所有人都看起來有氣無力的，似乎不太能接受現在這種和平的畫面。

左牧不以為然地歪頭，拿起果汁喝了一口。

「你們應該順利拿到島主徽章了吧？」

「當然。」羅本將徽章拿出來，扔給左牧。

左牧單手接住，攤開掌心確認後，勾起嘴角。

「很好，這樣的話我們就有四枚島主徽章。」

「現在能解釋剛才過來接我們的那臺直升機是怎麼回事了嗎？」

羅本看向黃耀雪，用眼神逼迫他回答。

黃耀雪嘆口氣，就算被針對也是情有可原。

「我可是專業的後勤支援，怎麼可能什麼都沒有準備。」

「是嗎？我可完全沒聽說過你還藏著直升機這種好東西。」

邱珩少雙手環胸，很顯然對於跟自己一起行動好幾個月的黃耀雪，到現在才拿出這張好牌的事感到不爽。

黃耀雪自豪地回答：「我所準備的，不只直升機而已。」

他們正後方的車道上，停著許多輛黑色轎車。

就像是收到黃耀雪的暗示一樣，身穿黑衣、看起來像是保鑣團隊的人們從車上走下來，並迅速聚集在車道邊緣，如同展示自己的存在感，默不吭聲的他們光是站在那就能讓人感受到強烈的壓迫感。

人數少說有三、四十，而這些人很顯然並不是一開始就在這座島上。

知道黃耀雪身分的羅本和邱珩少，很快就明白那些黑衣人是黃耀雪帶來的手下，即便知道他來自於勢力強大的義大利黑手黨家族，但沒想到他竟然有辦法在主辦單位的眼皮底下帶這麼多手下進來，甚至還有交通工具。

這樣看來，黃耀雪之前根本就是在扮豬吃老虎。

左牧可以理解為什麼其他人的表情會這麼驚訝，因為他剛才見到的時候也嚇了一大跳，就跟他們的反應差不多。

在結束這座島的遊樂設施任務、取得島主徽章後，他原本想照原定計畫，和謝良安取得聯絡，那時他才知道謝良安控制的生物型機器人，是那些在空中亂飛的海鷗。

因為這座島很安全，加上他們結束的時間比羅本他們快很多，所以左牧原本以為能夠早點回快艇休息，沒想到主辦單位就像是故意拖延時間一樣，隔了快三十分鐘才把島主徽章交出來。

在那之後他和謝良安透過海鷗取得聯絡，從他口中知道他掌握了第五枚島主徽章相關的重要情報。

『第五枚島主徽章，要在玩家蒐集完四枚之後才能知道位置。』

這個消息讓左牧感到震驚，因為跟他想像的有些出入。

原來，第五枚島主徽章是「指定款」，只有在取得四枚島主徽章後，擁有第五枚島主徽章的島嶼位置才會公開。

這條線索至今沒有玩家知道的真正原因，是因為這個遊戲區的玩家從來就沒有人順利蒐集到四枚島主徽章。

只有他們。

左牧雖然很想立刻就和謝良安當面確認這個情報，可是卻在和謝良安通訊的時候知道羅本他們那邊狀況不是很好。

謝良安忙於輔助羅本他們，來接左牧的事情便理所當然延後。

當謝良安與羅本他們通訊時，左牧也能透過海鷗傳遞的聲音來確認另一邊的情況，所以他能夠全方位掌握另外兩處的狀態。

羅本三人順利從洞穴走出來的時候，謝良安他們那邊正準備迎接敵人，雖然很想過去幫忙，但無奈沒有交通工具的他們，哪都去不了。

這時，黃耀雪突然提出自己有辦法，就讓謝良安先把海鷗跟貓頭鷹的通訊連上，如此一來他們就能直接和羅本聯繫。

要讓羅本等人順利撤離那座危險的島嶼，並且增加快艇的防守人員，只有一個辦法，那就是用他早就準備好的交通工具。

於是，直升機出現在羅本他們的面前，並將人帶到快艇支援。

原本這樣的配合相當完美，但預料之外的是，攻擊快艇的殺手並不是「困獸」，光靠黑兔一個人就能輕鬆解決。

結果趕來幫忙的羅本等人，只是輕鬆搭上順風車而已，沒有起到任何作用。

左牧也是在這個時候知道，原來黃耀雪另外有所安排，怪不得他當初會說不用擔心他們離不開這裡，看來他早就已經安排好一切。

這個後勤，他做得還滿不錯的。

「計畫趕不上變化。」在將前因後果解釋完畢後，黃耀雪無奈聳肩，「不過現在我們這邊還是處於優勢，該緊張的是主辦單位，而不是我們。」

失去「困獸」的支援，左牧他們也已經取得四枚島主徽章，朝成功只剩最後一步，而另外安排的殺手又全軍覆沒——不用想也知道，主辦單位現在肯定氣得跳腳。

「謝良安，拿著。」左牧將兩枚島主徽章交到謝良安手上，「現在我們有四枚徽章，已經達成你所說的最終條件。」

謝良安點點頭，心情很激動，一想到終於能夠離開這裡，就會忍不住想笑。

就在左牧剛把徽章交給他的瞬間，島上的廣播設施傳出熟悉的音樂。

跟他們在主島的樂園所聽見的園區音樂一樣。

『**期間限定島嶼開放。期間限定島嶼開放。**』

廣播說完後，平靜的海面突然出現一波波海浪，所有人可以感覺到島嶼明顯的震動，就好像是海底有火山爆發一樣。

震動雖然不大，卻讓人能夠清楚感覺到有東西正在從海底向上浮出。

持續十多分鐘過後，島嶼才恢復寧靜，只剩下些許浪花拍打著沙灘。

接著，園區音樂再次從廣播裡傳出來，而這次沒有要停止播放的打算，如同洗腦般一直持續重複音樂聲。

『期間限定島嶼開放時間為三十六小時，歡迎各玩家前往參與遊行慶祝活動，本座島嶼沒有任何限制，也不需花費通行證，但請各玩家遵守遊行安全規範。絕望樂園將不負任何責任。預祝各位能有一段愉快且難忘的回憶。』

雖說是介紹，但聽上去更像是種警告。

左牧等人靜靜聽著，直到廣播裡只剩下音樂為止。

「看來這就是你所說的，第五枚島主徽章的所在位置？」

他轉頭看向謝良安，見他面色凝重地點頭，便垂低眼眸，意味深長地嘆氣。

果然主辦單位安排的遊戲，沒那麼好搞。

表面上雖然告知玩家，需要完成的遊戲目標為「取得五枚島主徽章」，甚至還不是直接說能夠逃離出去，而是「神祕禮物」這種令人起疑的獎勵。

當然，所有玩家自然而然會將禮物視為逃脫的唯一希望，但這畢竟是主辦單位所設計的遊戲，而他們從一開始就不打算讓任何一個玩家逃脫出去。

就跟他們之前所在的那座死亡島一樣。

不久前才剛經歷過危險，無論是羅本還是謝良安，都需要時間喘口氣，可是主辦單位就像是不想要給他們任何喘息的空間，逼迫他們前進。

謝良安手中的平板傳出嗶嗶聲，他這才發現有個倒數計時的ＡＰＰ自動開啟程式，可以想像，它就是被設定成期間限定島嶼開啟後自動計算時間。

「謝良安，你知道那座島在哪對吧？」

「……是的，我手裡有它的座標位置，從這座島過去大概只要二十分鐘。」

「有關於那座島舉辦的遊行情報嗎？」

「不、不好意思。」

謝良安愧疚地低頭道歉，他雖然知道主辦單位在確認他們取得四枚徽章後，就會依照規定啟動「期間限定島嶼」的活動程序，但關於那座島的一切，都沒有任何的線索。

他找不到情報的原因只有兩種可能。一是從來沒有啟動過，所以不存在任何相關資料，二則是主辦單位將期間限定島嶼的設計藏得很深，無法透過駭入資料庫的方式取得。

從現在的狀況來說，這兩種應該都是主要原因。面對不知道存在什麼危險的神祕島嶼，謝良安感到十分不安，但左牧的反應卻好像一點也不在乎。

「沒差，到時候見招拆招就好，反正那些傢伙的作風都差不多，而且從剛才的廣播，我大概可以猜到我們會遇到什麼麻煩。」

所有人都不知道主辦單位安排著什麼樣的陷阱在等待他們，唯獨左牧一個人頗有興趣地勾起嘴角冷笑。

他接受現實的速度，快到讓人無言，也讓人不自覺地信賴、欣賞他的作風。

黃耀雪雙眸閃閃發光地看著已經有想法的左牧，拍胸脯說：「放心吧！這回我會好好保護你的，小牧！包在我身上！」

聽到他這麼說，兔子臉色驟變，迅速用手臂圈住左牧的脖子，把他緊緊摟在懷裡，嫌棄地瞪著黃耀雪，就像是在警告他別對自己的東西出手。

黃耀雪也不甘示弱，咬牙切齒和他互瞪，所有人都可以看到他們的眼神擦出火光，彷彿下一秒就要打起來似的。

至於被夾在中間的左牧，倒是不太在意，甚至可以說對他們爭奪自己這件事沒有多大興趣，獨自陷入思考。

其他人在旁邊看了都忍不住捏把冷汗，很難想像左牧怎麼還能這麼輕鬆自在。

「我們在這座島休息個幾小時，再往第五座島前進。」

最終，左牧得出這個結論。

羅本和黑兔對於左牧的指令沒有任何反駁的想法，邱珩少雖然臭著臉、煩躁地咂嘴，但也沒有開口反駁，至於一直跟著他的明碩，自然也不可能有任何意見。

謝良安因為能夠鬆口氣而感到安心，因為他知道最後這第五座島，自己不能一個人待在船上，所以他需要時間做好心理準備，但魯斯卻不同。

就算早一秒也好，他想盡快帶謝良安離開這個鬼地方。

「這決定會不會太草率？你難道真以為這幾個小時，對方不會趁機會入侵島上，找我們麻煩？」

左牧已經料到會有人提出反對意見，只是他沒想到質問自己的人，竟然是魯斯。

他並不是很了解魯斯，但從他對待謝良安的態度來看，這個男人對於自己所保護的對象十分執著。

這點，跟兔子有些相似，不過魯斯和喜歡殺人的兔子不同，是個有主見和想法，以團隊行動來說有點棘手的類型。

剛開始他們是只有五個人的小團隊，加上除了謝良安之外，其他人都是百分之百信任他的同伴。落單的謝良安因為恐懼而不安，只能依賴多數人的決議，所以行動起來沒有什麼太大的問題。

隨著黃耀雪、邱珩少與明碩的加入，曾替「困獸」訓練殺手的馴獸師成為同伴，無法掌控的要素跟著增加。

當團體行動中產生有著不同想法與目的的人，就會產生裂痕。

而這個裂痕，很有可能會影響到後面的行動。

魯斯並不信任他，會跟著他們一起走，是因為謝良安的關係。左牧很清楚這點，所以也知道要用什麼方式來控制這隻不確定因素最大的野獸。

「我也不是沒任何想法，就隨便開口的。」左牧一邊解釋一邊把勾脖子上的手挪開，讓心不甘情不願的兔子稍微離他遠點。

他繼續解釋：「主辦單位原本應該是想要利用我們分散行動的機會，阻止我們蒐集徽章，畢竟如果他們成功的話，我們不但會缺少達成最終目標的徽章數量，也會因為損失大量通行證而需要回到主島的絕望樂園，繼續蒐集。」

他們現在絕對不能回主島，因為那裡是主辦單位的大本營，一旦再次進入樂園，就有很高機率會被困在裡面，甚至連港口的別墅都回不去。

左牧知道自己大量投入通行證的做法，有很高的風險，但他執意要執行的理由，是因為他很確定光靠他們幾個人能夠成功。

從結果來看，他確實賭對了。

從未有隊伍取得四枚徽章，只有他們是例外，也是唯一一組有希望能夠攻略第五枚島主徽章的隊伍。

只不過，他沒想到第五枚島主徽章竟然只能在主辦單位「指定」攻略的島嶼上取得，而且還有時間限制。

也就是說，當有隊伍順利蒐集到四枚徽章後，就可以讓擁有真正第五枚島主徽章的島嶼出現，而且玩家隊伍還必須強制在三十六小時內攻略完畢。

有時間限制的島嶼，讓左牧理解一件事。

並不是沒有隊伍蒐集到四枚徽章，啟動這座隱藏版島嶼，而是這些隊伍都沒有在時間內拿到最重要的第五枚徽章。

三十六小時的時限一到，這座島嶼就會再次沉入海底，無法攻略，而玩家隊伍必須要重新蒐集四枚島主徽章才能再次讓這座島浮出海面。

這就是主辦單位設置時限的原因。

「你很清楚他們替那座島設時限的理由不是嗎？」魯斯可以從左牧的眼神，看出他並不是隨隨便便說出要大家先休息這種鬼話，但他仍感到不滿意。

左牧歪頭，故意反問他：「知道，但又怎樣？」

「……什麼？」

「我說，就算知道那座島三十六小時後關閉，我們就得重新蒐集島主徽章，才能在把它叫出來，但，那又如何？」

「小子……你是認真的？」

「沒有必要著急，我們現在不是『只剩下三十六小時』，而是『還有三十六小時』。就算我知道『困獸』都是些體力多到跟變態沒什麼不同的殺手，但你別忘記，無論是我還是謝良安，不過只是普通人，趕時間對我們沒有什麼好處。」

這番話令魯斯無法反駁。

他感覺到袖子被人輕輕扯住，這才轉過頭看向用擔憂的表情凝視自己的謝良安。

看著他，最終魯斯只能嘆息，無奈同意了左牧的決定。

「知道了，就休息吧。」他把手放在謝良安的頭上，但仍凶神惡煞地瞪著左牧，「看在這小子很信任你的分上，我不會再說什麼，可是這第五枚徽章，絕對要一次就拿到手，我不想再拖時間。」

「我跟你一樣也很想離開這個鬼地方，所以用不著擔心。」

聽見左牧親口允諾，魯斯這才不再繼續說下去。

他可以理解為什麼兔子和黑兔會這麼依賴這個叫做左牧的男人，畢竟在面對「困獸」卻還能如此冷靜面對的人，幾乎不存在，所以這兩個人對他會產生好感並不是沒有原因。

但他，並不怎麼喜歡左牧。

「你在計劃什麼？」邱珩少見魯斯沒意見之後，開口問左牧。

左牧嶄露笑容，「跟過去沒什麼不同，大鬧一場就對了。」

他轉頭看向黃耀雪，「不過我是真沒想到，你手裡竟然還藏有這些牌。」

黃耀雪的笑容突然變得僵硬，瘋狂冒冷汗。

雖然他不是很想讓左牧知道自己的身分，可是現在並不是顧慮這些小事的時候，再說，比起其他人開口，由他自己承認還比較好。

「咳、咳咳，畢竟我也是有點人脈的，對我來說這些都不成問題。小牧，你只要相信我絕對不會傷害你就好，無論我是什麼人，我都絕——對不會做任何對不起你的事！」

黃耀雪整個人貼近左牧，想要展現自己的忠誠與心意，但他很快就被兔子伸手抓住臉，狠狠掐住。

「痛痛痛痛！」

「……兔子，鬆手。」

左牧雖然有點被黃耀雪的距離感嚇到，但他也不能親眼看著兔子把黃耀雪的臉掐爛。

兔子黑著臉，相當不滿地鬆開手。

臉上留著清晰掌印的黃耀雪，不顧自己的形象朝著兔子大吼：「哇！你這小子，是真的想把我的頭捏爆是不是！」

「我看他不只是想把你的頭捏爆，還想徒手把你撕成碎片。」一旁的羅本冷靜地補上一句，並好意提醒他：「我勸你還是跟左牧保持安全距離比較好，那傢伙的周圍都是兔子的警戒區。」

「哪有這樣的！我也想黏在小牧身邊啊！」黃耀雪不滿反駁，像是個討不到糖吃的孩子，理所當然被所有人無視。

其他人各自起身，找個地方好好休息，就像左牧說的，他們需要時間喘口氣。

在拿到第五枚島主徽章後，他們就會離開這個鬼地方。

在黃耀雪跟左牧坦承自己的身分後，左牧並沒有如預期中擺出厭惡的表情，倒是一臉平靜，好像這件事沒什麼大不了一樣，這讓黃耀雪有些委屈。

他原本以為身為刑警的左牧會討厭他，所以才不敢坦白，但仔細想想後，確實是自己過於大驚小怪，畢竟左牧在面對「困獸」的殺手組織時，也沒有反感，甚至還把兩名殺手跟殺人如麻的職業軍人放在身邊，一起生活。

與他們相比，自己還算比較善良的好人。

於是，原本鬱鬱寡歡的黃耀雪，在想通這點後不再刻意隱瞞，大方地指揮手下們清掃快艇以及做好準備工作，讓其他人能夠輕鬆休息。

左牧只覺得黃耀雪仍然是個怪人，除此之外沒有其他想法。

他把沙灘留給其他人，和兔子一起往道路旁的公車站牌走過去。

沒有寫時刻表的站牌、看上去相當老舊的電話亭，以及完全讓人沒有停留欲望的簡陋車棚。這裡就跟他們駕駛電動車離開前一模一樣。

左牧會過來，並不是突發奇想，或是無聊散步，而是因為不久前拿到的紙條。

他攤開手心看著僅僅只寫有一句話的便條紙，皺緊眉頭。

「公車站的電話亭。」

他不太清楚這是命令還是提醒，不過這張紙條就貼在他們離開競技場時，停在門口的轎車車窗上面，除此之外，車窗上還黏著一枚徽章。

這臺車是處於引擎發動的狀態，車鑰匙也還放在車內，沒有拿走。

不是電動車而是一般耗油車這點，讓左牧不懂地歪頭，總隱約感覺到他們被監視著，而監視他們的人，似乎不完全是敵人。

即便不久前才在那麼多ＶＩＰ會員面前，以及令人厭煩的廣播中活下來，照道理來說他應該很清楚在島上安排遊樂設施的人，肯定對他們沒有善意，但不知道為什麼，當他看到這輛車的瞬間，卻沒有產生跟剛才一樣的煩躁感。

是因為覺得遊戲內容有點簡短、單純嗎？

不管怎麼說，對方安排一臺沒有搭載系統、車款較為老舊的轎車給他們代步這點，就足以確定一件事。

他得照著紙條上的話去一趟電話亭。

由於沒有指定時間，所以左牧決定等到所有人都會合後，再獨自去赴約。

當然，他知道兔子絕對不可能放他一個人，所以根本不用擔心自己的人身安全問題。

『嗨嗨——左牧先生！』

宏亮愉快的聲音，迫不及待地向他打招呼。

左牧嚇了一跳，因為他沒想到找他過來的，竟然是個女人。

剛開始他想到的人是只有見過一次面的洪芊雪，畢竟她曾在小丑牧場幫過他跟邱珩少，但很快他就發現對方並不是他所想的那個人。

『是我是我，我是紹子。』

聲音隨著停在電話亭上的蜻蜓起飛，接近左牧。

左牧被突然飛向自己的蟲子嚇到，稍稍向後退了一步，不小心撞在兔子的胸前，兔子見到後很不爽地瞪著蜻蜓，用眼神警告牠最好保持距離。

蜻蜓乖乖照做了。

牠雖然拉近距離，但沒有再接近左牧的打算。

同時，女人說話的聲音也變得更加清晰。

『你是不是不記得我了？』

「不，不是的。」左牧頭疼萬分地扶額，「原來暗中幫助我的人是妳？」

『畢竟我們之前約定好要跟你合作，你很幸運，這座島是我的，所以我才能提供幫助，要是你選的是另外一座島，我可就幫不上忙了。』

「妳說這座島……是妳的？這是什麼意思？」

『意思就是說，我是你討厭的遊戲主辦單位之一。』

左牧皺緊眉頭，一瞬間覺得很火大，但那也僅僅只是短短幾秒的念頭。

他很快就恢復理智，輕輕搖晃腦袋，讓自己不被憤怒的情緒左右。

「哈……雖然我想過你們應該跟主辦單位有關係，可是沒想到妳就是這個遊戲區的負責人。」

『這樣說不太正確，因為負責這個區域的人不只有我。我們是個團隊，就跟你和你的小隊伍一樣，舉例來說吧！主島的絕望樂園是程哥負責的，而你們之前拿到假徽章的那座島，則是由阿杰負責。』

蜻蜓裡傳出管紹愉悅的笑聲，即便沒有看到她的表情，也能從那令人煩躁的笑聲裡想像出那張臉笑起來有多欠揍。

不過，多虧她的熱心解釋，一直存在於左牧心底那些小小的疑慮，得到了答案。

看來這三個人剛開始就跟他見面，說要和他合作的事，不是謊言。

說什麼自己是VIP玩家，估計也是為了讓他放下戒心，要不然就沒辦法跟他達成協議，甚至還有可能會被視為敵人。

雖說左牧並沒有完全信任這三個人，只是想著能利用他們，但沒想到在他進行遊樂設施的過程中，竟然已經無形中受到他們的幫助。

正是這點讓左牧很不滿。

這次的遊戲區域比之前來得大，所以左牧一開始就有考慮過，主辦單位很有可能是團隊而非個人，畢竟要管理那麼多群島，單靠一個人發號施令是不可能的事。

可是，為什麼主辦單位的人會願意提供協助？

這些人是跟陳熙全做了什麼交易嗎？

「看來陳熙全真的用盡所有手段，想要把謝良安救出去。」

『因為謝良安不能死，他死了的話會讓事情變得更複雜。』

「你們也是因為不希望他死，才跟陳熙全合作？」

『……我們就別閒話家常了吧？左牧先生，你接下來要去的地方很危險，我們三個人都無法出手干涉那座島，所以你得靠自己。』

管紹似乎不想回答這個問題，果斷轉移話題。

左牧挑眉，沒有選擇繼續追問，坦白說這跟他沒有關係，無論他們或是陳熙全想要做什麼，他都不想管。

他的目的只有一個，就是把活著的謝良安帶走。

「我本來就是靠自己，用不著妳特別提醒。」

『哈哈哈！沒錯，說得也是。你們真的表現得十分精采哦？包括我在內，很多會員都對你們相當滿意，但……不是所有人都這麼想。』

「幹嘛？你難道還希望我感謝妳不成？」

『要謝的話，我還比較希望你把三十一號送給我呢。』

「免談。」

『呵呵呵，獨佔欲好強啊！』

「什麼獨佔欲，我只是不想讓你們命令兔子去做些奇怪的事。」

『我就當是這樣吧。』管紹呵呵笑著，轉移話題：『左牧先生，雖然我們三個無法干涉那座島，但如果你們能夠成功取得第五枚島主徽章，並活下來的話，事情就會變得很簡單。』

左牧很清楚管紹為什麼會這樣說。

就像他們有自己的計畫一樣，管紹他們很顯然也在計畫某件事。

管紹的重點一直圍繞在「第五枚島主徽章」這件事情上，雖然他不明白是什麼原因，不過能夠確定的是，那座島上的徽章將是關鍵。

「你們雖然沒辦法插手，但會看著我的，對吧？」

『當然，畢竟你是我們最喜歡的玩家。』

左牧勾起嘴角，忍不住自嘲。

這些沒良心的有錢人，還真喜歡以別人的痛苦為樂。

『好好努力吧！希望三十六小時後，還能再見到活著的你。』

蜻蜓說完最後一句話，便轉頭直衝向公車招牌，啪的一聲把自己撞成一攤泥。

自殺式的行為，就像是在湮滅和他往來過的證據，也足以表明他們不會再有任何聯絡的決心。

左牧嘆口氣，轉頭望向平靜的海平面。

「我已經開始覺得麻煩了……該死。」

他很在意管紹為什麼要故意強調「三十六小時」的限制，就像是他只有這次機會而已，如果不在這段時間內拿到最後一枚徽章，就再也沒辦法重新來過。照這樣來看，在那座期間限定島嶼等待他們的，肯定不會是什麼正常的遊樂設施。

短暫休息過後，左牧等人來到那座浮出海面的人工島。

這座島很平坦，但面積卻是碰碰車主題設施島嶼的三倍大小，它沒有沙灘，取而代之是漂亮的港口，能容納許多船隻。話雖如此，卻沒有他們之外的船隻停靠，冷清到讓人覺得不可思議。

從港口就可以聽見島內傳出的愉快音樂，充滿著歡笑與快樂的氣氛，和整體氣氛很不搭。

「這裡的氣氛真令人不快。」率先從快艇跳到港口的黑兔，一邊跟著音樂哼唱，一邊漫不經心地說著，他的態度很自然，就像是普通的遊客。

在他之後下船的是左牧、羅本和兔子，謝良安並沒有跟在後面，而是跟往常一樣駐守快艇。過去至少都得安排一個人陪著，但這次不用擔心，畢竟謝良安的身邊有十分值得信賴的保鑣會護他周全。

久違的四人行讓黑兔相當興奮，與他不同，羅本和左牧倒是覺得很疲憊。

尤其是羅本。

「……可以的話我還真想再多休息幾小時。」

「六小時還不夠嗎？天都黑了。」

期間限定島嶼出現的時間是在下午四點左右，六小時的休息時間過去後，他們只剩三十小時去取第五枚島主徽章。

時間看起來很充裕，但在沒有任何線索的狀況下，他無法評估這樣的時間到底夠不夠他們用。

無論如何，都只能選擇硬著頭皮上。

這座島是二十四小時開放，島內的音樂跟遊樂設施在島嶼開放期間，都不會停止運轉，即便夜晚漆黑到伸手不見五指的地步，但這裡的燈光卻明亮地讓人睜不開眼睛。

踏上島的左牧，第一個想法是覺得很神奇，照理來說這座長年待在海面下的島嶼，應該不會乾淨到像是剛打掃過一樣。

港口周圍有很奇怪的缺口，它將整座島圍起來，看起來有些突兀，但如果不去仔細看的話，就不會察覺到它的存在。

左牧雖然不懂這些複雜的技術，但不得不承認，主辦單位為了遊戲設計，真的很敢花錢，連這奇妙的人工島也做得出來。

「我超級討厭這種吵吵鬧鬧的地方。」羅本厭惡地看著掛滿汽球和彩色燈泡的拱門，很不想面對現實。

總覺得他才剛離開那個詭異的鬼屋沒多久，怎麼又跑來這種地方。

他的命真苦。

「哈，我也不喜歡，但沒辦法。」左牧聳肩，「總之我們先看看情況再說，看看主辦單位所說的遊行究竟是什麼。」

左牧並沒有讓黃耀雪、邱珩少他們一起過來，並不是因為隊伍不同的關係，而是有其他安排，雖然說不上是什麼完美的計畫，不過有總比沒有好。

久違地回歸四人行動，而等待他們的，是未知的危險。但無論如何，他們都必須達成目的，失敗的話，就沒有第二次機會了。

四人穿過巨大的拱門，走進寫著「入口」的閘門，他們來到充滿童話故事感的樂園，這裡沒有大型建築，也沒有遊樂設施，純粹提供拍照與體驗童話世界所帶來的樂趣。

即便現在是深夜，但園區內的燈光亮度卻強到跟白天沒什麼不同，把每個角落都照亮得一清二楚。

所有的房子建造造成圓滾滾、胖嘟嘟的可愛造型，有些是用器具的外型，有些則是直接蓋在樹上，更有那種看起來像是小精靈住的洞穴屋。

街道有四條車道寬，沒有建造人行道，取而代之是種植翠綠色的草皮，最大的一塊草地上有個以鐵架建造而成的舞臺，不時傳出「咚咚咚」附有節奏感的音樂聲。

園區的廣播撥放著與舞臺不同的音效，大約只有二十秒左右的短曲不斷重複。

「遊行將於三十分鐘後開始，本輪時間爲兩小時。」

廣播器裡，人工AI的聲音像是在提醒所有人一樣地重申。

整座遊樂園裡面就只有他們四個人，如果是普通的遊行活動，肯定能夠愉快享受空無一人欣賞遊行的樂趣。

「這種沒有其他玩家的感覺真奇怪。」這座島過於荒涼，反而讓人覺得不舒服，羅本很討厭這種氣氛，就好像自己掉入陷阱一樣難受。

黑兔爬上擺放在花圃的石膏人像，開開心心盤坐在它的肩膀，環伺周圍。

「遊行不知道會從哪個地方開始，看都看不出來。」

「給我下來，黑兔。你這樣沒有任何幫助。」

羅本仰頭催促黑兔，直到他乖乖跳下來之前，都用皺緊眉頭的表情狠狠瞪他。

黑兔嘟起嘴，一臉委屈。

「我想說踩高點看得比較遠嘛。」

「你要是看不清楚的話，是不是就要爬到那棟鐘樓上去了？」

羅本說的「鐘樓」，是位在中央噴水池附近的高塔，因為很顯眼，加上鐘面是以電子面板方式呈現的關係，格外突兀。

鐘樓顯示的是這座島上浮的剩餘時間，雖然目前時間還很充足，但在完全沒有第五枚徽章線索的情況下，就算有再多時間都不夠用。

「還不知道『遊行』是什麼東西，在這之前先不要輕舉妄動。」

左牧憑藉觀察樂園以及廣播內容這兩點，大概可以猜得出這次主辦單位設計出來的是什麼樣的遊戲，不過這些對於取得島主徽章的目的來說，沒有任何幫助。

一般來說都會直接提供取得徽章的方式或是位置，這有點像是主辦單位在建立遊戲時的基本規範，無論如何都會以「完整的遊戲內容跟規定」來讓玩家參與。

既然廣播裡沒有說明徽章的事，僅僅只有通報遊行時間——那麼島主徽章肯定跟遊行脫離不了關係。

羅本聳肩，「那我們這三十分鐘要幹嘛？」

「坐下來休息怎麼樣？我看這裡的人工草皮還不錯，躺起來應該很舒服。」

在這種情況下還能表現出悠閒態度，完全不擔心會發生什麼事的人，大概也只有左牧。

聽到左牧說要躺草皮，黑兔跟兔子雙眸一閃，立刻拔腿衝過去找個好位置。

左牧和羅本看著他們在草皮上滾來滾去的樣子，突然覺得這兩個殺手的行為跟真正的兔子還滿像的，只不過他們跟可愛的小兔子相比，一點也不可愛。

「……喂，左牧。你真覺得那個遊行跟徽章有關係？」

「不確定，但現在也只能等。遊戲主導權是在主辦單位手上，規則也是他們說的算，我們只能配合。」

主辦單位不斷強調「遊行」的存在，很顯然它就是這座島的關卡重點，不論是什麼樣的特殊遊行，他們只能選擇見招拆招。

既然連羅本都看出來的話，兔子跟黑兔心裡肯定也很清楚，所以才會果斷地跑去草皮偷懶。

「我們只要再拿到一個島主徽章，就能順理成章破關，總感覺主辦單位的人不會那麼輕易放我們離開。」

聽到羅本這樣說，左牧忍不住笑出聲。

「呵，你是指他們打算全力以赴對吧？別擔心，我當然知道。」

「就算他們失去『困獸』的協助，也不代表會變得好對付。」

「怕什麼？我不會死在這些混帳傢伙手裡的。」

「……我相信你不會。」

左牧的命有多硬，羅本是再清楚不過的，但凡事謹慎點沒什麼損失。

他就是靠這點，才從戰場上活下來。

「比起遊行，我還有件很在意的事。」左牧抬起頭看著天空，蹙眉道：「你有沒有覺得奇怪？從我們來到這座島開始，就沒有看到任何動物。」

「動物……你指的是那些生物型機器人？」

「嗯，之前在主島累積通行證的時候，就算那裡不像其他島是荒郊野嶺，也會有鳥類，但這個地方什麼也沒有。」

「是因為知道會被謝良安入侵，所以把所有生物型機器人都撤離這附近的海域了嗎？」

「除非他們把所有生物型機器人都撤走，否則不可能。再說那些東西也算是他們的監視器，他們還得靠那些機器人來確認我們的位置。」

人工島正上方的天空，只有一隻體型巨大的貓頭鷹，那是謝良安用來跟他們聯繫、受他操控的生物型機器人，除此之外沒有看到其他動物。

這座島沒有任何生物型機器人的理由，有幾種可能。

一是這座島本身就安裝有許多監視器，所以不需要靠生物型機器人來監控玩家，二則是像羅本說的，他們想要減少謝良安能夠操控的籌碼。

坦白說，他認為後者的可能性很低，前者的話看起來又不存在決定性的因素——無論如何，主辦單位將生物型機器人撤走的理由，肯定不尋常。

暫且把疑問跟猜測擺一旁，四人坐在草地上，靜靜等待時間流逝。

遊行開始前五分鐘，廣播做出最後的提醒。

「遊行將於五分鐘後開始，本輪時間爲兩小時。」

「本輪遊行主題爲殺殺熊、鏈蛇、半耳貓，請找出眞正的兇手。」

臺詞一如往常，但這次卻增加新的句子。

左牧聽到這句奇怪的補充說明，以及指定找出「兇手」的要求後，抬起頭盯著廣播器看。

「線索就在嫌疑犯的家。」

隨著廣播結束，一直圍繞在耳邊的音樂聲停止。

園區一瞬間變得鴉雀無聲，只能聽見他們四個人的呼吸聲。

羅本苦笑勾起嘴角，「現在那些傢伙是要來讓我們玩解謎遊戲嗎？」

「搞什麼？我最不會動腦了，讓我打人還比較快！」

黑兔抱頭大喊，已經放棄思考，兔子則是在仔細觀察那些童話建築後，輕輕拉扯左牧的衣角。

左牧轉過頭，看見兔子指著前方不遠處的一棟房子。周圍的燈光全都是打開的，只有幾間房子就像是被人刻意斷電，黑漆漆地，格外突兀。

「看樣子不用找也能知道線索在哪裡了。」

左牧苦笑，往鐘樓看過去。

距離遊行開始只剩下不到四分鐘，他們根本沒有時間去找什麼線索。

三間房子，四個人，很顯然地這局遊戲的目的，是想要讓他們分散開來。

「猶豫什麼?」羅本輕拍他的肩膀，從他身旁走過去，「有線索當然要去找，站在這發呆也不過是在浪費時間。」

比起猶豫的左牧，羅本倒是很果斷。

他隨便挑了間屋子走過去，黑兔見狀原本想跟，卻反而被羅本罵。

「分開行動啊傻子！別跟著我。」

「你覺得我會放你一個人亂跑嗎?連傷都還沒好的笨蛋在說什麼蠢話！」

「別以為我不知道你在趁機罵我，給我聽話！我們沒時間一起行動，你給我去另外一間，沒找到線索就別來找我。」

黑兔被罵得很無辜，但他可不會因為這點小事就退縮。

想要讓羅本找不到藉口把他推開，就得先照他的話去做，於是黑兔就挑了間離羅本最近的房子進去。

眼看這兩人比自己早行動好幾步，左牧也只能嘆口氣，與他們同進退。

他跟兔子走向被挑剩的屋子，在他們進去的時候，距離遊行開始時間已經只剩兩分鐘。

屋內漆黑一片，只能藉由窗外照進來的光線，看出家具大概的輪廓，摸索前進，幸好裡面並不算大，而且幾乎都是用於拍照留念的裝飾，所以找起來並不是很費力。

他們去的屋子除了正門的客廳之外，還有另外隔開兩個小房間。

左牧走進其中一間房，才剛進門就被坐在單人沙發椅上、正臉面對門口的大型人偶裝嚇了一跳。

在這如童話般夢幻的園區，照道理來說人偶裝應該也會符合這個地方的風格跟氣氛，做成可愛、吸引人的模樣，然而出現在左牧面前的人偶裝卻跟想像完全不同。

它像是被切割後再隨便拼湊起來的屍體，身體有多處縫線，綁在頭上的繃帶鬆散地隨意垂下，像是隨時都有可能滑落，但最可怕的並不是這些，而是它圓滾滾、瞪大的眼珠，以及從被咬爛到只剩半隻耳朵的傷口滴落的紅色液體。

不知道是不是錯覺，左牧總覺得再和它對上眼的時候，它的眼珠子稍稍抖了一下，就像是活著的人。

身後的兔子倒是對這個令人毛骨悚然的人偶裝沒有多大興趣，他在仔細用眼睛搜索過房間內之後，牽著左牧的手離開。

「喂，我們還沒進去找……」

兔子搖搖頭，收回拉住他的手，將雙手食指交叉，向他示意裡面沒有線索。

左牧覺得很神奇，兔子的視力究竟有多好？那麼暗的房間他光是看了幾眼就可以確定有沒有東西。

換作是其他人對他說這種話，左牧根本不會相信，但如果對方是兔子的話，就很有可信度。

他沒瘋，也不是因為偏愛兔子才會這樣，而是因為兔子的判斷比他敏銳許多，他不僅僅只是個擅長殺人的殺手，也是個聰明的男人。

「它就是剛才廣播裡提起的，其中一個嫌疑犯吧？」

兔子點點頭，帶著左牧進入隔壁房間。

這個房間更為單調，只有一張放著檯燈的茶几，以及像是藍芽喇叭的東西。

它被黏在茶几上，無法移動也無法帶走，在感應到左牧跟兔子走近後，喇叭裡傳出沙沙聲響，雜音很重，不過隱約可以聽見裡面好像有說話的聲音。

『……不……不要……』

『啊啊！啊……』

『騙子，你們都是……騙子……』

真的很奇怪，讓人心底萌生起不祥的預感。

忽然，屋外傳來像是把音量放大到最強，如近在耳邊的轟隆巨響般，低沉到讓人喘不過氣來的音樂聲。

左牧嚇了一跳，兔子則是急忙用雙手替他遮住耳朵，以銳利的目光惡狠狠地瞪向房門口。

瞬間，整座樂園的燈光熄滅，這片地區一瞬間陷入黑暗。

好消息是剛才那讓人沉重的音樂聲停止了，壞消息是現在他們沒有任何燈光照明輔助視線，眼前只剩一片黑。

兔子的雙手仍貼在他的耳朵上，這讓左牧感到安心。

剛才的聲音大到讓他耳朵嗡嗡作響，害他現在頭很痛。

喘息的時間才剛過幾秒鐘，兔子的手突然抽走，像是在警惕什麼一樣，把背貼在他的臉頰上，將他護在身後。

從方向來看，兔子似乎是在警戒房門口的方向。

經過一段時間，眼睛適應了黑暗後，左牧已經能夠稍微看清楚周圍的輪廓。

同時，他也看到有個巨大的身影堵在房門前，切斷他們唯一的退路。

它只是站著不動，但光是這樣就有很強烈的壓迫感，如果不是因為兔子護著他，這種被限制行動、無路可逃的錯覺會讓人陷入恐慌。

藍芽喇叭再次傳出雜訊聲。

『沙沙沙……』

『沙沙……』

就像是有人用力搓揉塑膠袋發出來的聲音，不過這次沒有說話聲。

持續十多秒之後，跟廣播一樣的ＡＩ開口說道：**「遊行開始。」**

這四個字如同啟動人偶裝的開關，房門口的人偶裝突然像是活過來一樣，張嘴、打開手臂，朝他們撲過來。

兔子面不改色地將左手臂橫檔在眼前，反手拔出短刀。

人偶裝的攻擊非常直接簡單，但力氣十分大，當它撞上來的時候，兔子可以感覺到這不是人類會有的力道，是機械。

這些人偶裝是機器人，而且是具有攻擊性的危險武器。

兔子雖然是人類，卻能以肉身之軀和人偶裝僵持不下，左牧在看到兔子跟人偶裝交手後，苦思該如何出手幫忙。

空間太小、加上視線昏暗，他沒辦法隨便開槍。

雖然他很想幫忙，可是對兔子來說，現在他最好還是離遠點比較好。

兔子在擋住人偶裝的幾波攻擊後，確定它只有幾種基本攻擊模式，於是之後他就直接用閃避的方式躲開，不再正面硬碰硬。

他抓住人偶裝攻擊後的空隙，將刀插入脆弱的眼睛部位，怕不能一次摧毀，還連續插好幾次，直到從裡面迸出火花才收手。

人偶裝搖搖晃晃，肢體變得僵硬不協調，兔子覺得它很礙眼便直接踹倒，往它的頭部狠踩好幾腳，直到人偶裝完全停止不動為止。

左牧眨眨眼，還沒回過神來就被兔子拉出房間，往屋外走。

原本是打算離開後先去跟另外兩個人會合，可是沒想到當他們一走出房子，就看見外面的道路上滿滿地都是人偶裝機器人。

以這三種類型的人偶裝為主，如複製貼上般，數量多到讓人傻眼的地步。

貓、蛇以及熊。

它們在發現從屋子裡跑出來的左牧和兔子之後，很有默契地同時把頭轉向兩人，二話不說直接朝他們衝過來。

「什麼鬼！」

左牧還以為只有一隻，沒想到竟然有這麼多！

在他嚇得不輕、還來不及反應的時候，兔子已經把他橫抱起來，用力往建築物上跳過去。

他的雙腿還是一如往常般地強勁有力，輕輕鬆鬆就能帶著他到處跑。

這群人偶裝就像是鎖定了目標，窮追不捨，一個個張著嘴、搖頭晃腦，不時還能聽見金屬摩擦碰撞的聲音，簡直比恐怖片還要驚悚。

「那些東西到底想幹嘛？」

左牧抱住兔子的脖子，深怕自己被甩下去。

這下可好，本來不會因為恐怖片而做惡夢的他，這下真的要被搞到神經衰弱了。說什麼遊行，百鬼夜行還差不多！

兔子從喉嚨裡隱隱約約發出煩躁的聲音，像是在抱怨眼前的狀況。

因為被保護在懷中，而那些人偶裝又離他們有段距離，左牧這才能夠好好開始思考要怎麼解決這個遊戲。

很顯然地，想要結束就得用老方法處理——那就是拿到這座島的島主徽章。

根據主辦單位目前給的線索，有時限的遊行、會殺人的人偶裝、三個嫌疑犯與兇手，島主徽章有很大機率會是在兇手身上。

不過，作為刑警的左牧，卻對此產生新的疑問。

碰！

響亮的槍聲迴盪在夜空裡，然而被子彈狙擊的目標，並不是他們，而是其中一隻爬上建築物，想要伸手抓他們的人偶裝。

子彈的穿透力，貫穿人偶裝的腦袋並毀掉操控它的CPU，成功讓人偶裝停止運作並且墜落。

兔子看了一眼子彈射過來的方向後，帶著左牧跳回草地。

人偶裝迅速追過來，可是它們很快就被兔子利用建築物遮擋視線，成功甩掉它們。

他們現在躲在某個房子後面，偷窺徘徊在噴水池廣場的人偶裝。

「媽啊，真的有夠麻煩。」

左牧很確信那發子彈是羅本開的，只有他才能有這種準度。

照道理來說開槍的聲音應該很容易吸引敵人的注意力，可是這些人偶裝卻把聲音當作耳邊風，像是沒聽見似的，眼裡只有他跟兔子。

要麼這些人偶裝聽不見槍聲，要麼就是對他們來說，眼前移動的目標是被列為最優先處置的對象，所以才沒有理會狙擊手。

「話說回來，羅本那傢伙什麼時候帶狙擊槍的？」左牧頭痛萬分的嘆氣，「算了……在這種情況下要想拿到島主徽章，難度也太高。」

根據廣播內容，左牧很確信遊行進行期間就是島主徽章出現的時間，正因如此，他們更需要把握機會。

黑兔跟羅本絕對不可能會出事，所以他只需要專心找出島主徽章在哪裡就好。

「兔子，仔細聽好。我猜島主徽章有可能藏在幾個地方，但不是很確定，所以你得負責幫我留意周圍的動靜，好讓我專心。」

兔子點點頭，乖巧地把頭伸過來。

他的意圖很明顯，就是希望他能摸摸自己的頭。

左牧雖然覺得這種行為很幼稚，但把頭伸過來、主動討摸的兔子又有點可愛，所以他還是伸出手，接受他的摸頭要求。

就像是種鼓勵，兔子開心地露出笑容，心滿意足。

當他把頭抬起來，左牧也下意識地停止撫摸的動作，眨眨眼與他相望。

兔子雙眸笑彎起的弧度，美麗又有種危險的感覺，總是讓左牧覺得自己好像隨時有可能被眼前這隻野獸咬死。

「滿意了？」

兔子點點頭。

「那我們就準備行動。」

左牧起身的同時，兔子也跟著站起來。

在確認附近沒有人偶裝之後，他們一邊藏匿，一邊小心翼翼地重新回到被視為嫌疑犯家的房子裡。

他率先回到的是貓頭人偶裝在的房子，也是有藍芽喇叭的那間。

再次搜索過一遍之後，確實裡面沒有什麼有用的線索，就連被兔子打倒的人偶裝身上也沒找到任何情報。

接著他們各自前往黑兔以及羅本去搜索的另外兩間屋子，也同樣無功而返。

三間房子裡的東西都差不多，沒有任何懷疑或是奇怪的問題，從另外兩間房裡，左牧也發現有不同模樣的人偶裝，分別是熊跟蛇。

依照廣播裡的提示，這三隻動物都是嫌疑犯，同時也是遍布於園區各處的那些殺人機器。

從它們被摧毀的狀況來看，黑兔和羅本肯定也都跟他們一樣，被人偶裝襲擊，但從結果來看，那兩個人都平安無事。

跟這三個人比，左牧可以清楚感受到自己身為「普通人」的事實。

先暫時把受傷的男人自尊心放一邊，左牧將放在臉上的手慢慢往下滑，藏於指縫中的眼眸，寫滿對現況的分析與看法。

他好像大概可以確定島主徽章在哪，但還需要關鍵線索。

「線索啊……線索……」

左牧喃喃自語，將視線轉移到被扯斷頭的熊頭人偶裝身上。

這很顯然是黑兔下的手，能徒手擰斷金屬的，也只有他。

起先他還以為能夠從這些人偶裝找到什麼有用的線索，可惜沒能如願，把島主徽章藏在人偶裝裡面的作法，也不符合主辦單位設計遊戲的原則，所以他很快打消這個猜測。

主辦單位雖然很希望他死，不想讓他拿到島主徽章，但那些傢伙卻莫名地很有自己的堅持與做事原則，絕對不會為了達成目的而故意設計讓人根本沒辦法破關的遊戲。

從這點來判斷的話，人偶裝這條線索是零。

「既然要找出『兇手』，就表示這裡發生過什麼吧。」

除此之外，他還有點好奇之前從藍芽喇叭裡面聽見的說話聲，聽起來很像是死前的掙扎，搞不好跟這場遊戲的主題有關連性。

……對了，主題！

既然這座島的遊樂設施是「遊行活動」，那麼就表示應該會有花車之類的東西才對，可是外面全都是人偶裝，出去的話絕對會被發現。

該怎麼瞞過那些機器人的耳目，去看遊行？

正當左牧在認真思考這個問題的時候，一旁的兔子很無聊，就到處開抽屜、翻櫃子，結果他無心的舉動，意外找到不錯的道具。

他眨眨眼，看著抽屜裡放的服裝，眼神突然閃閃發亮，迅速拿著它回到左牧身邊。

眼角餘光感覺得到兔子正用期待的表情看著自己，於是左牧暫時放下思考，轉過頭。

「你到底想做……呃！」

話才說到一半，他的臉就被兔子塞過來的東西蓋住，差點悶死。

左牧急忙把東西扯下來，臉色鐵青地大口喘氣。

「喂！你是不是忘記自己力氣很大？」

兔子眨眨眼，重新嶄露笑容，沒有半點歉意。

左牧很想揍人，不過當他低頭看著手裡的東西後，卻瞪大眼睛，突然明白兔子在想什麼。

「……這倒是個辦法。」

先不管兔子粗魯的行為，這回他倒是發現了超級有用的東西。

雖然左牧有千百個不願意，不過這是以目前的情況來說，最完美的解決方案。

左牧抬起頭，下定決心。

「好吧，就這樣做。」

反正不會有其他人看到，算不上太丟臉。

比起男人的面子，當然是解決眼前的問題要緊。

／

羅本將眼睛從狙擊鏡上挪開，一臉狐疑地盯著左牧和兔子進去的屋子，不懂他們兩個在裡面待那麼久，到底是在做什麼？

「喂，我好無聊。就不能讓我下去一口氣把那些機器人全部打成廢鐵嗎？」

黑兔兩手插在口袋裡，蹲在屋簷邊，嘟起嘴巴抱怨。

這句話他已經說了第三次了，但每次羅本都沒有回應，搞得他好像是個胡亂鬧脾氣的臭小鬼。

明明他成熟又穩重，比兔子聰明有用，可是羅本和左牧卻老是喜歡把他當成小孩子對待，讓他很不滿。

他只不過是矮了點，就把他當成小孩，真讓人委屈。

「喂喂喂——理我一下啦！」

「……吵死了。」羅本皺眉瞪著他，「沒看到我在忙嗎？」

「你就只是趴在這裡，一直盯著狙擊鏡看，到底哪裡忙？」

羅本垮下嘴角，實在很想把這隻老是害他脾氣變糟糕的黑兔一腳踹飛。

不行，他要忍住，現在不是跟黑兔吵架的時候。

「我下去揍幾隻就回來，很快的。」

哈啊——他要放輕鬆，沒必要跟這隻黑兔一般見識。

「不然我去把他們引過來，你狙擊我揍人，一起打怎麼樣？」

喀嚓。

羅本直接把狙擊槍瞄準黑兔的眉心，以物理方式讓這個不肯閉嘴的黑兔安靜下來。

黑兔張著嘴，表情僵住，面對羅本銳利到像是隨時都會扣下扳機的眼神，一方面覺得很興奮，但另一方面又覺得有趣。

「哈！我還以為不管我多煩人，你都不會理我呢。」

碰！

一聲槍響，狙擊子彈從黑兔的臉頰劃過，紅色的液體慢慢從傷口溢出，沿著黑兔的臉頰滑下來。

黑兔瞇起眼，既沒有閃躲也沒有感到生氣，因為他知道羅本不會殺他。

他用拇指指腹輕推臉頰上的傷口，將自己的鮮血放到嘴邊，伸舌舔舐。

「幹嘛做這種麻煩事？這樣你還得替我上藥。」

羅本頭痛萬分地扶額，將槍口挪開。

「你真的很煩。」

「我只是覺得一直待在這裡觀察很浪費時間而已。」

「難道你沒看到底下有多少機器人嗎？這種情況下，我們根本沒辦法接近鐘樓。」

兩人現在的位置，是在旁邊房屋的屋頂，這個距離離鐘樓很近，所以能夠看見那邊的廣場是什麼情況。

在被斷電的園區，唯獨鐘樓前的道路有一臺臺被燈光圍繞的遊行車隊，但上面擺設的不是可愛的玩偶與跳舞的人群，而是吊掛著麻布袋的處刑臺。

與童話世界完全不搭的處刑車隊，如同在展示處刑者的屍體一樣，緩慢地移動著，而它的周圍也有幾隻人偶裝機器人護衛，不過那些機器人跟這群徘徊在園區的不同，是穿著吊帶褲與白襯衫、頭被麻布袋罩住，用黑筆隨意劃上叉叉作為眼睛與嘴巴的奇怪人偶。

能看得這麼清楚，都是多虧了狙擊鏡和遊行車隊的燈光效果。

左牧他們進屋前，遊行車隊還沒出來，所以應該不知道它的狀況，不然以他們的位置，應該很容易就能發現。

他不清楚左牧在想什麼，但可以確定目標應該就是找出島主徽章，如果左牧的想法跟他一樣，那麼島主徽章應該是藏在遊行車隊中。

廣播提到了兇手，但是沒有表明是什麼樣的案件，不管怎麼說，只要是案件就一定會有被害者。

遊行的主題是「找出兇手」，而不是「找出被害者」，也就是說，被害者身上肯定會有兇手身分的線索。

簡單來說，找到被害者就能知道兇手是誰，至於島主徽章，估計就是能夠直接證明兇手身分的關鍵證據——也就是在被害者手中。

他都能想得到，左牧不可能沒有察覺出來。

現在剩下的問題就是，要怎麼樣穿過那群人偶裝前往鐘樓前的廣場。

他跟黑兔在各自前往嫌疑犯的房屋後，沒多久就遇到人偶裝機器人，黑兔是在機器人啟動前就已經察覺出它有問題，直接把它的頭擰斷，以絕後患，之後就跑到羅本去的房子裡面找他。

當羅本發現人偶裝會動，而且還想殺他的時候，它就已經被黑兔打爆，連攻擊的機會都沒有，就這樣倒地成為廢鐵。

後來他們聽見藍芽喇叭的聲音，直覺情況不對勁，就先爬到其他房屋屋頂查看狀況，沒想到還真的親眼目睹人偶裝大量出沒的景象。

羅本二話不說就開始組裝狙擊槍，才剛裝好沒多久，就看到兔子和左牧被人偶裝追殺，雖然開槍幫了一把，但羅本原本很擔心他們的位置會被人偶裝發現，到時倒楣的就是他跟黑兔。

只不過，事情並沒有他想得那樣糟糕。

這些人偶裝就像是聾子，根本聽不見槍聲，眼裡只有兔子和左牧。

起先羅本還以為是主辦單位刻意針對左牧，後來透過人偶裝的行動模式，才明白原來這些人偶裝機器人是透過鎖定目標的方式來進行攻擊。

也就是說，只要別進入那些傢伙的視線範圍就好。

左牧他們似乎也察覺到這點，透過建築物阻礙視線的方式，成功脫離人偶裝的追蹤。

如果這時在左牧身邊的不是兔子而是他的話，他們兩個人大概沒那麼容易甩掉這群難纏的機器人。

「……但也不能光靠躲避視線，數量太多。」

正當羅本思考左牧該怎麼做才好的時候，黑兔眨眨眼，指著那兩人進去的房屋說：「喂，他們好像出來了？」

「什麼？」

羅本嚇一跳，急忙拿起狙擊鏡看過去。

房子裡走出兩個人偶裝，不過體型和其他人偶裝機器人不太一樣，很顯然是有人套上衣服、頭上戴著動物頭套。

動物頭套很巨大，和身體比例不符，戴起來歪歪扭扭的，很不自然。這種光看就能露餡的偽裝手法，令人捏把冷汗，可是那群人偶裝機器人卻似乎沒有察覺異樣，甚至還把他們當成同伴。

「哈！真是……真不知道他們從哪裡拿到那種東西的。」

羅本哈哈苦笑，鬆了一大口氣。

穿著滑稽的人偶裝，假冒是同伴的那兩個人，正是左牧跟兔子。

這是連他也料想不到的解決辦法。

黑兔一臉嫌惡地咂嘴。

「好醜，我絕對不會穿那種東西。」

「我們也該移動了。」

原本臉色難看到極點的黑兔，一聽到羅本說的話，立刻嶄露燦爛的笑容。

「好耶萬歲！」

看著黑兔蹦蹦跳跳的樣子，羅本揹起狙擊槍，看了一眼完美融入人偶裝機器人之中的兩人，勾起嘴角。

左牧的黑歷史越來越多，讓羅本忍不住好奇，頭套底下的那張臉現在會是什麼樣的有趣表情。

才剛打趣地想著，忽然，其中一個人偶迅速把頭轉過來，像是清楚知道他的位置，目不轉睛地盯著。

羅本嚇了一跳，不禁苦笑。

不用想也能知道，那個人偶頭套底下，百分之百是兔子帶有威脅的怒目。

「哈！開玩笑的吧？這種距離都能看見我的位置。」

就算他早知道兔子根本就是個怪物，也已經跟這個怪物般的男人一起行動很長一段時間，但還是會對他產生恐懼。

他挪開視線，無奈撇嘴。

以後想嘲笑左牧的話，只能放在心裡，免得兔子真咬上來。

「怎麼了嗎？」

穿著貓頭人偶裝的左牧，發現身旁的兔子好像發現什麼一樣，突然警戒地往某個方向看過去，便好奇地順著他的視線，然而他什麼都沒看見。

這地方還處於斷電的狀態，除月光之外沒有任何光線，即便視力習慣黑暗之後，能夠大概看到周圍物體的輪廓，但如果不是在近距離的狀態下，就很難看得清楚。

缺乏光線輔助，在黑暗中聽著周圍細微的聲音移動，是非常可怕、令人不安的事，不過他現在並沒有選擇的餘地。

即便看不見他頭套底下的臉，兔子也可以嗅出左牧的不安。

他很快就收回盯著羅本他們所在的屋頂，與左牧相望。

明明跟他戴的是同樣的貓頭，但不知道為什麼，兔子戴上去之後莫名有種像是在恐怖片裡會出現的殺人魔，讓人退避三舍。

「走吧，往鐘樓前進。」

左牧伸手推開他的頭，不讓兔子繼續盯著自己，慢慢往前移動腳步。

他們從人偶屋子裡找到服裝並套上後，就在其他櫃子裡發現堆積成山的人偶頭套，雖然有點破爛，還有很重的霉味，對他們來說卻是最有幫助的道具。

廢棄的人偶頭套款式有三種，熊、蛇跟貓，左牧只是隨便拿起貓頭，沒想到兔子也就跟著他戴同款頭套。

於是他們在完全沒說好的前提下，都戴上半耳貓的頭套。

換裝完畢的他們，走出房屋，進入人偶裝機器人群之間，就跟他想的一樣，這些人偶裝機器人並沒有對他們產生敵意，甚至沒放在眼裡，沉默地走過去。

大膽的猜測得到證實，這些人偶裝果然只會對自己同伴之外的目標進行攻擊，不知道出於什麼理由，它們是透過外觀掃描的方式來確認，所以只要頭部戴著人偶頭套，就會被它們視為同伴。

這也是為什麼這座島上沒有動物，主辦單位也沒有派任何人過來埋伏的原因。

其實這個解決方式還滿簡單的，只不過得鼓起勇氣拿自己的命去確認，所以像這種看起來簡單風險卻高的逃脫方法，反而不會有人真的去做。

要是他身旁沒有這個比人偶裝還可怕的兔子，他應該也不會這麼做。

喀喀喀……

從人偶裝機器人旁邊走過去的時候，左牧仍不時被它們發出的機械聲音嚇到。

兔子發現後就乾脆牽著他的手，配合他的速度前進。

左牧覺得自己好蠢，明明不怕恐怖片或鬼屋，但是卻被這些陰森詭譎的機器人嚇到，反被看恐怖片時都得遮住眼睛的兔子保護。

他看著戴著人偶頭套的那顆後腦杓，很想知道兔子現在在想什麼。

忽然，眼前出現光線，被燈光吸引的左牧抬起頭，這才發現鐘樓前的廣場竟然有遊行花車隊伍。

一瞬間他覺得很新奇，但在看清楚花車旁的人偶群之後，皺緊眉頭。

「怎麼又有其他奇怪的東西混進來了……」

他指的，當然是花車旁那些頭綁麻布袋的人偶裝。

那三隻動物人偶裝還算符合這座島的設定，但遊行隊伍旁邊的這些人偶，還比較像是送葬隊伍，根本一點童話感也沒有。

其他人偶裝機器人的活動範圍，似乎只有以噴水池為中心的童話屋區域，並沒有靠近鐘樓前的廣場，明明它們的距離並不遠，卻好像是「看不見」一樣，自動避開。

在順利離開人偶裝機器人巡邏的範圍後，左牧和兔子脫下礙事的沉重服裝，重新呼吸新鮮空氣。

「啊，真的有夠臭。」

剛才因為太過在意人偶裝的行動，直到現在才意識到這套服裝有多臭，光是想到自己不久前還穿著它，就覺得不可思議。

他的鼻子肯定是故障了才有辦法忍受這股惡臭。

扔掉這些礙事的人偶裝，左牧重新把注意力放在眼前的花車遊行上。

花車遊行和他想的有點不一樣，因為這完全是處刑臺遊行隊伍，花車上倒掛著好幾麻布袋，從捆綁的形狀來看，很明顯是個人。

一個人就算了，沒想到數量會這麼多，這跟他原本想看到的畫面不一樣。

「這些都是被害者的話，未免也太多。看來島主徽章並不在那裡。」

他原本以為廣播沒有特別指出「被害者」的身分，是因為島主徽章就在那裡，看來並非如此。

就在左牧開始懷疑自己的想法時，鐘樓廣場前的廣播器傳出雜訊聲。

音量很大，大到讓人無法不去注意它。

幾秒鐘過去後，從沉重、讓人心煩意亂的雜訊中，傳來人的喘息聲，聲音很沉重，像是呼吸困難一樣，在讓人幾乎以為他要斷氣的時候，清清楚楚的一句話傳入所有人耳中。

『你們……全都是殺人兇手！』

左牧嚇了一跳，同時看到花車隊伍停止前行。

跟隨遊行花車的麻布袋人偶裝全都把頭轉過來，盯著左牧和兔子，無預警地朝他們衝過來。

這些人手上拿著大砍刀和短柄斧，氣勢強大到像是要把他們砍成碎片。

左牧迅速拔槍對準其中一個麻布袋的腦袋，扣下扳機。

碰。

子彈貫穿麻布袋裡的腦袋，但是並沒有讓它停止攻擊。

眼看情況不妙，兔子便拿出短刀，主動衝上前。

由於這些麻布袋人偶裝的行動並不敏捷，加上數量並沒有很多，以兔子的速度很容易就能處理掉它們。

他花不到幾分鐘就把麻布袋人偶裝全部清除完畢，然而廣播卻沒有停止，仍舊重複著「你們全都是殺人兇手」這句話，只不過聲音越來越無力，直到斷氣前最後一刻才停止。

當廣播裡只剩下惱人的雜訊聲之後，停止前進的花車上面開始有鮮血滲出來。

那是從麻布袋裡滲出來的血。

左牧爬上去，並在兔子的協助下扯破其中一個麻布袋。

那是張被攪拌機完全毀掉的臉，但血不是從那個地方流出來的，而是身體其他部位。

他接著把其他花車上的麻布袋也全部扯開來確認後發現，所有人的臉都一樣，但其中一個屍體的臉裡面卡著金屬物體。

兔子在發現後，主動把手伸進去，拿出一把掛著鑰匙圈、黏著血肉的鑰匙。

他放在手中翻轉確認後，用自己的衣服擦拭乾淨，才交給左牧。

左牧雖然不是很在意這種事，不過兔子似乎不希望他碰到這些東西，所以也沒說什麼。

「看來是鐘樓的鑰匙。」

鑰匙圈上寫著「clock tower」的英文字樣，想理解並不困難。

不過這過程有點簡單，還有種被人牽著鼻子走的錯覺，讓左牧懷疑地挑眉。

他把鑰匙握在手心裡說：「看樣子那三個嫌疑犯都是兇手，所以被害者人數很多，麻布袋的人偶大概是被害者的同伴，所以才會攻擊我們。」

整個經過很有趣，就像是完整的殺人案件過程，線索也給得很明顯，就像是在透過親身體驗在參與整個辦案過程。

這對身為前刑警的左牧來說，有點像是扮家家酒的感覺。

「看來這地方主要舉辦的不是什麼遊行活動，而是解謎？」他歪頭思考，「……不，應該說體驗吧，如果沒活下來的話就無法繼續進行遊戲。」

怪不得這座島的開放時間設定為三十六小時，的確是需要花點時間。

兔子不懂這些，所以他只是傻傻盯著左牧看。

突然，他像是注意到什麼，迅速拽住左牧的衣服往後拉過去。

啪噠一聲，懸掛在處刑臺上的麻布袋全部掉下來，就像是有人刻意割斷繩子。

左牧愣了半秒，隨後看到這些屍體以十分大的力氣將捆住自己的繩子掙脫，一個個站起來。

它們的身體四肢變得十分粗壯，漸漸變成左牧熟悉的模樣。

「……該死！」

最終這些屍體成為了他曾經在廁所裡遇到的肌肉怪物，即便整張臉被摧毀，但是卻不影響它們辨別目標，很快就把注意力放在他們兩個人身上。

強壯且看似笨重的身軀，以非常快的速度朝他們揮拳。

兔子抱著左牧的腰左閃右躲，像是在攻擊中跳舞，看起來很愚蠢但只要左牧安然無恙，就算像個小丑也沒關係。

「搞什麼鬼！」

躲過幾次攻擊後，兔子帶著左牧與這些怪物拉開距離。

怪物們迅速捕捉到他們撤退的方向，追上來。

碰！

碰碰！

隨著夜空裡傳出的沉重槍響聲，衝向左牧和兔子的兩個怪物的心臟被狙擊貫穿，下一秒，身穿黑色外套的黑兔帶著笑容，不知道從哪冒出來，一拳打穿怪物的胸口，將它的心臟握在手中。

「哈！這樣才有趣嘛。」

黑兔抽回手，並將這顆停止跳動的心臟捏碎。

被捏爛的心臟並不是真的人心，而是包裹著人體組織的機械心臟。

在它被毀掉後，怪物也倒地不起。

「真不愧是羅本，竟然知道控制這些傢伙的是心臟。」

黑兔笑著說完後，又再次衝進怪物。

這些怪物並沒有「恐懼」這類情緒，仍舊揮舞著自己的拳頭。

即便這些怪物的身體被改造過後，擁有比一般人還要大上許多的腕力，但在黑兔的面前根本沒有任何威脅能力。

黑兔露出興奮的笑容，抓住朝他揮出的拳頭，輕而易舉就將怪物的手臂往後推開，甚至直接把他的骨頭折斷。

失去其中一隻手臂的怪物並沒有停止攻擊，繼續朝黑兔攻擊，但在它碰到黑兔之前，就先被狙擊槍子彈貫穿心臟。

黑兔看著它倒地，甩甩手，抬起頭盯著子彈飛過來的方向。

「呿，都說了不需要支援我。」

雖然有些埋怨，但他還是很高興能被羅本支援，因為這表示他的狙擊鏡是在注視著自己，而不是另外兩個人。

這種被人暗中保護的感覺，好像會上癮。

羅本讓總是獨自一人的他，體會到身為「困獸」的殺手所不需要擁有的感情，所以他不管說什麼都要黏在這個男人身邊。

一旁的兔子見黑兔出現，完全沒有要過去支援的打算，因為他發現有更多的麻布袋人偶裝搖搖晃晃地聚集過來。

它們的手裡拿著染血的斧頭和大砍刀，就像是剛砍殺過人。

『殺人……兇手。』

與之前花車周圍那批不同，這些「新來的」麻布袋人偶的頭套底下傳出聲音。左牧才剛和它們對上眼，花車像是被人切斷電源，燈光突然熄滅，再次陷入黑暗。

「……進鐘樓去！」

左牧一下令，這些麻布袋人偶裝就以飛快的速度衝過來。

幸好他們距離鐘樓很近，加上兩隻兔子的速度，絕對沒有問題。

但在來到鐘樓上鎖的門前，他才發現自己大錯特錯。

鐘樓的門有許多鑰匙孔，但他只有一把鑰匙。

「哪個腦袋秀斗的傢伙會設計這種要命的門！」

左牧一邊怒吼一邊拿起鑰匙，用力往其中一個孔插下去。

咚、咚、咚！

在左牧試完第一個鑰匙孔，鐘樓就傳出沉重的聲響，很像是槌子打在吊鐘上的聲音。

心思全放在門鎖上的左牧，沒有去留意這個奇怪的變化，至於兔子們也因為忙於和麻布袋人偶裝糾纏，也沒當回事。

左牧接連嘗試第二、三個鑰匙孔，就在他準備把鑰匙插進第四個孔的時候，從旁邊突然伸過來一隻手，抓住他的手腕，阻止他繼續這樣做。

「喂！你這傢伙，給我注意時間！」

左牧嚇一跳，轉頭看著滿頭大汗、氣喘吁吁的羅本。

看得出來羅本是匆忙趕過來的，如果不是十萬火急的狀況，他不可能貿然出現。

一看見羅本的臉，左牧才回過神。

「……什麼時間？」

「你每開一次鎖，鐘樓上顯示的時間就會少五小時！現在已經被你耗掉十五小時了，你要是再開錯兩次，我們就剩不到三小時可以找出第五枚徽章！」

意料之外的發展，讓左牧錯愕地抬起頭，確認鐘樓顯示的時間。

果然就像羅本說的，時間少掉一大半，現在他們只剩半天多一點的時間。

主辦單位提供給玩家的時間，並不是拿來解謎的，而是打開鐘樓門鎖的次數限制。

開錯一次鎖就會倒扣五小時，簡直是土匪行為。

更何況在這麼緊急的狀況下，誰會有心思去注意到鐘樓的時限！

羅本見左牧終於意識到問題所在，才鬆開手。

「還剩下幾個鑰匙孔？」

「四個……」

門上總共有七個鑰匙孔，也就是說時間至少會倒扣三十小時。

這座島的闖關關鍵，果然是時間。

保留的時間越多，成功過關的機率也就越高，但通常玩家看到有三十六小時的充裕時間，都不會太過著急，反而會用最謹慎、耗時間的方式來應對遊戲裡的危險跟狀況，然而這麼做，就會落入主辦單位設計的陷阱中。

怪不得島上那些人偶裝機器人看起來悠悠哉哉的，因為它們只不過是負責干擾、浪費玩家的時間，所以根本不需要著急。

反正時間一到，玩家沒能離開這座島的話，就會跟著他們一起沉入海底。

沒有糧食、沒有空氣、沒有逃出去的辦法，被囚禁在這座人工島上的任何生物，最終都會走向死亡。

「……哈，原來這座島本身就是遊樂設施，跟遊行還有島上的設計，根本沒有半點關係。」左牧自嘲道：「我還真是被擺了一道。」

「你再來得謹慎選擇，別白白浪費掉時間。」

左牧皺眉思考，直盯著鑰匙孔看。

他的手氣是真的很糟糕，玩刮刮樂都只會中零圓或是正好打平，就連統一發票也是幾乎沒中過兩百元以外的金額。

照這情況來看，他恐怕會插到倒數第二個孔才能把門打開。

既然鑰匙恐會減少剩餘時間，那麼就肯定有正確鑰匙孔的線索才對。

「被害者……屍體裡的鑰匙……」左牧一邊碎碎念，一邊抬起頭觀察周圍。

這時，他想到一個重點，急忙轉頭問羅本：「對了……光！我需要光線！」

鐘樓入口處的位置，正好背對所有光線，就連遊行花車上的燈光也不會照到這裡來，就好像是在杜絕所有光線一樣。

原因恐怕不是為了隱藏這扇門，而是想要讓人沒辦法看清楚門的模樣。

羅本聽到他這麼說，立刻就明白他的意思，將狙擊鏡拆下來遞給左牧。

「我沒有手電筒，用這個。」

狙擊鏡有夜視功能，即便在沒有光線的空間，也能看得見物體。

左牧透過狙擊鏡確認鑰匙孔，果然發現其中一個鑰匙孔的旁邊，有用鮮血畫出的箭頭符號提示，二話不說就選擇把鑰匙插進去。

喀噠一聲，門成功解鎖。

左牧和羅本對看後立刻開門進入鐘樓。

面前出現的是旋轉型樓梯，光是樓梯的數量就足夠讓人腿軟，但他們必須往上走到達時鐘的位置。

正當左牧打算認命，靠雙腿爬樓梯的時候，兔子突然從後面衝進來，一把將他抓起，以左右橫跳在樓梯扶手上的方式，將他帶往最高處。

要花好幾分鐘爬的樓梯，僅僅只花費幾秒鐘時間就到達頂端。

左牧看了一眼下方，隱約能看見羅本和黑兔把門關上後，站在入口位置。

他還以為這兩個人沒有要上來，誰知道下一秒黑兔就模仿兔子，拽著羅本衝到他身旁。

羅本臉色鐵青，而滿手鮮血的黑兔倒是很高興的樣子，笑容閃閃發光。

「那些機器人就像沙包一樣，打起來真有趣，而且手感很像是真的活人。」

黑兔開心地敘述自己的感想，問題是沒人想聽。

兔子在將左牧放下來之後，兩人同時抬頭看見的，是時鐘的反面。

在旁邊摸索的羅本，恰巧找到一盞煤油燈，試著點亮火光。

光線照在眼前這面巨大的圓型鐵板上，同時讓左牧錯愕地瞪大眼，說不出話。

——該死，主辦單位是在跟他開玩笑嗎？

怪不得他們沒有派任何殺手或是傭兵來這座島，不僅僅是因為那些人偶裝的關係，還有就是他們十分確信，第五枚徽章絕對沒辦法帶離這座人工島。

因為第五枚徽章，是巨大化好幾倍的圓型鐵板，即便它沒有牢牢地釘在鐘塔內側，也沒有辦法輕易帶它走。

「哈！那些該死的……」左牧也只能笑了，而且是帶著想要掐死遊戲設計師的想法笑出聲來。

他看向跟他有同樣想法、冒冷汗的羅本，煩躁地咂嘴。

黑兔雙手環胸，歪頭說：「我可以扛著它，這對我來說不是什麼大問題，但我覺得把它帶回去不是正確的選擇。」

「當然不可能真的把這東西帶回船上去。」左牧抹臉回答：「哈啊……還以為能順利的，怎麼老是遇到這麼多障礙。」

「倒也不一定。」羅本將煤油燈靠近巨大徽章，指著上面的凹槽說：「你看這裡，是不是覺得上面的痕跡有點眼熟？」

凹槽裡面隱約能看近圖樣壓痕，就好像是要把什麼東西放進去裡面，而這樣的凹槽總共有四個，分布在不同的位置。

這些位置沒有等同的距離，像是隨便弄上去的。

重點是，他們確實見過凹槽內的壓痕。

「跟徽章上刻的圖一樣。」

「沒錯，只不過是反過來的。」羅本附和道：「看樣子得把徽章放進去裡面。」

雖然沒人知道這是什麼操作，但現在眼前也只有這個線索。

問題是，徽章不在他們手上。

「跟謝良安打個暗號，要他送過來吧。」

「只能這樣了。」

因為無法通訊，所以謝良安早就準備好讓貓頭鷹跟著他們，只要打暗號就會立刻跟他們接觸。

鳥型機器人的方便性，就是這麼高。

這時就不得不慶幸，他們隊伍裡有謝良安在。

羅本爬到鐘樓屋頂，拿出預先攜帶的信號棒，點燃後扔在腳邊。

在黑夜中盤旋的貓頭鷹一看見紅光，立刻飛下來，停在羅本的肩膀上。

它靈活地將腦袋一百八十度旋轉，隨後從鳥喙裡傳出謝良安的聲音。

『你們沒事吧？』

「暫時沒事。」羅本苦笑道：「能把四枚徽章都送過來嗎？我們這裡出了點狀況。」

『知道了，給我幾分鐘時間。』

謝良安二話不說就答應羅本的請求。

貓頭鷹展翅起飛，高速消失在黑夜中，幾分鐘後抓著一袋東西回來。

它掠過羅本頭頂，鬆爪將袋子扔下去，讓羅本毫不費力地接住它，接著就再次回到空中，融入夜晚，不見蹤影。

拿著它鑽回鐘樓裡的羅本，將袋子扔給左牧。

「速度真快。」

「謝良安那傢伙一直在看著我們，所以花不了太多時間。」

左牧打開袋子，拿出徽章，隨手塞入凹槽。

在完成後，並沒有發生什麼大事，倒是能清楚聽見「喀嚓」一聲。

鐵片中央位置的隱藏門彈開，只需用手指輕輕推，就能順利打開來。

裡面放置著一個包裝著可愛蝴蝶結的禮物盒，上面貼著絕望樂園的官方標誌。

「這什麼？」出乎意料之外的物品，讓羅本皺緊眉頭。

左牧把它拿出來仔細端倪，也沒看出什麼問題。

「集滿島主徽章後就會得到『神祕禮物』嗎……那些傢伙還真忠於他們自己的遊戲設定。」

雖然跟想像中不太一樣，但至少他們完成了。

身為玩家的他們，已經順利達成主辦單位的過關要求，那，接下來呢？

左牧總感覺有種討厭的預感，越看越覺得這個禮物盒散發著不安的黑色氣息。

爬到屋頂確認外面情況的黑兔，跳下來說：「喂，那些人偶裝都不動了耶！是因為我們拿到徽章的關係？」

「這樣不是滿好的嗎？我可不想回去的時候，又被那些傢伙追著跑。」左牧嘆口氣，將禮物盒放進口袋裡之後，對三人說道：「走吧，回船上去。」

完成目標、取得「神祕禮物」後，再來就是「想辦法逃離絕望樂園」。

而這，這將會是他們跟主辦單位之間的「最後一場」遊戲。

／

「左牧先生！羅本先生！」見到兩人平安回到甲板的謝良安，急忙跑出來迎接他們，在親眼確認兩人的安全後，才總算鬆口氣。

見他根本不把自己放在眼裡，黑兔不滿地朝謝良安翻白眼，雙手放在後腦杓上，噘嘴冷哼，一溜煙鑽進船艙裡。

羅本倒是沒想到謝良安會這麼擔心自己，露出狐疑的表情。

至於眼裡只有左牧的兔子，則是毫無任何興趣，安靜地站在一旁，沒有阻止謝良安接近左牧，因為他知道左牧有話要跟謝良安說。

左牧從口袋裡拿出禮物盒，夾在兩指間輕輕晃動，向謝良安展示戰利品。

謝良安愣了下，皺眉問：「那是什麼？」

「神祕禮物。」左牧邊說邊從他身邊走過去，並示意他到船艙裡面談。

一群人進去後，無視橫躺在沙發上閉眼打盹的黑兔，接著剛才的話題繼續聊。

「還記得主辦單位設定的遊戲目標嗎？這就是島主徽章蒐集完成後的『獎勵』。」

左牧邊說邊把禮物盒放在桌上。

謝良安臉色鐵青，十分不安地問：「我、我還以為蒐集完徽章後就能離開這裡。」

「主辦單位並沒有明確表示『離開』的方法，只是他的說詞會讓玩家以為蒐集完島主徽章的獎勵品，就是逃出去的唯一方式。」

「但實際上並不是……嗎……」

謝良安盯著禮物盒，心情非常沮喪。

他不知道該怎麼說明此刻的感受，也很難說出口，因為除他之外的人都似乎早已經預料到情況會變成這樣，對現在的結果並不感到意外。

魯斯拍拍垂頭喪氣的謝良安，朝左牧提問：「接下來要怎麼做？」

為了能讓謝良安平安離開，左牧知道魯斯絕對會逼問他直到問出答案為止，但在他開口前，放置在桌上的禮物盒突然發出咯咯聲響，接著盒子便自行打開。

一顆小丑頭冒出來，以嘲諷的態度發出刺耳的笑聲。

聲音令人頭痛、煩躁，很想一拳把這顆頭拍爛，但笑聲並沒有持續太久。

在笑聲結束後，小丑張開嘴巴開始說話。

『你確實很有一套。』

所有人嚇到，因為這並不是人工AI的聲音。

視線全部往左牧身上集中，而他，對此並不感到訝異，冷靜地垂低雙眸，注視著那顆一點也不可愛的小丑頭。

「我應該說『初次見面你好』嗎？」

『哈……』

笑聲冷淡、聽得出來對方心情不太好。

對於左牧半開玩笑的回答，給予不屑的態度。

『我們之間就別浪費時間了吧？左牧先生。』

聲音比之前要來得低沉，藏著些許怒火，可以想像得出對方此時此刻的臉色有多難看。

但，在場沒有任何人在乎。

尤其是左牧。

『我雖然早就知道你很難纏，畢竟E3區被你毀成那副德性……哈啊，我現在是真的很想把你的脖子擰斷。』

左牧忍不住笑出聲，「開什麼玩笑，你們要是真想殺我，就別把我拐進遊戲裡面來啊？明明能夠用最簡單的方式處理掉我這個眼中釘，但你們卻沒那麼做，難道就不是因為我可以為你們的『遊戲』帶來收益？」

主辦單位創造這些「遊戲區域」，是為了娛樂。

就像古羅馬競技場會讓奴隸進行死鬥一樣，主辦單位提供「娛樂」給他們的會員，滿足那些不把人命當回事的有錢變態。

身為把E3區毀掉並成功逃脫的玩家，他的回歸會讓會員產生極大的興趣，投資、賭盤，甚至是現場體驗活動，主辦單位當然不可能放過。

把他當成賺錢的道具就算了，還因為他成功完成遊戲目標而不爽？開什麼玩笑，他可不想為這群人提供免費的娛樂活動。

『你的意思是，我還得感謝你？』

「要不然我讓我的經紀人寄帳單給你？」

『哈，瘋子。』男人嗤鼻冷笑，『我欣賞你的勇氣，左牧先生，所以要不要來跟我玩一場最後的遊戲？』

「……我聽著呢。」

『讓謝良安追蹤訊息來源，到我這裡來吧，左牧先生。這次不是以玩家身分，我會讓你以VIP資格進入。』

「憑什麼？明明我都完成遊戲了。」

『因為出口就在這，要是你不想走，我也不勉強。』就像是在蠱惑左牧一樣，男人甚至還提出更誘人的條件：『我不會限制你要帶多少人來，但你必須跟我見一面。』

左牧看著謝良安與其他人，即便不願意，也只能同意接受邀請。

「見過面之後，我們就能離開？」

『……是的。』

雖然不清楚主辦單位葫蘆裡在賣什麼藥，但他們畢竟沒有選擇的權利。

只要他們還被困在這，主導權就永遠會在主辦單位手上。

「好，就見一面吧。」

『我等你。』

約定完成後，男人主動結束通話。

謝良安拿起小丑頭，一臉擔憂地望向左牧。

「左牧先生……這樣沒問題嗎？」

「當然有關係。」左牧聳肩，「我知道是陷阱，但如果出口就在陷阱裡面，我就算爬也得爬過去。」

說實在話，謝良安非常不安，可是看到左牧完全不把危險當回事，即便知道是陷阱也不以為然的態度後，這份不安感慢慢地消失不見。

這時他才注意到，原來自己對左牧已經產生無條件的信任。

「謝良安，幫我聯繫黃耀雪還有邱珩少，把這件事告訴他們。」

「好。」謝良安點點頭，困惑地問：「左牧先生，那個……你打算怎麼做？」

左牧攤手，「那傢伙要求我們所有人一起過去，也沒限制人數，就表示他們已經知道黃耀雪他們的存在，既然如此就沒必要刻意隱瞞或是分開行動。」

所有人一起的話，反而更容易被鎖定，危險性也很高，所以按照正常情況來說，分散行動才是最保險的方式——但這必須建立在主辦單位不清楚他們這邊有多少人的前提下。

經過這幾次的群島遊戲，他們幾乎已經把牌攤開在主辦單位面前，在這個被他們完全監控的區域範圍裡，只要有過一次接觸、露過一次馬腳，就會被揪出來，所以絕對不能抱持著僥倖心態。

凡是有一絲被發現的可能性，最好都認定為已經露出馬腳，才是最保險的。

謝良安利用平板確認小丑頭的訊號來源後，皺緊眉頭，因為訊號的座標位置，跟之前左牧給他的無線耳機是同一個。

他把這件事告訴左牧，但左牧的態度卻很冷靜，似乎早就已經知道。

之前管紹跟他連絡的時候曾說過，其他共同管理者沒辦法干涉這座期間限定的人工島，也就是說那座島的主控權是在這個區域的主要負責人手中——也就是剛才利用小丑頭跟他直接對話的男人。

雖然沒有直接確認過，但在絕望樂園跟他交易，並把無線耳機給他的人，百分之百就是程睿翰。

他故意利用「合理」的交易，把主辦單位所在的島嶼位置透漏給左牧，因為他知道左牧肯定不是想問問題才提出打賭條件。

從這點來看，程睿翰根本就是直接把出口位置告訴他。

如果早點知道這件事的話，他們根本不用辛苦蒐集五枚島主徽章，只要直接殺過去座標位置就好。

那座島的位置並不在遊戲系統內，雷達也偵測不到、地圖也沒有標示，就像是完全排除在遊戲區域內的幽靈島嶼，所以玩家必須取得「神祕禮物」，並從禮物中獲取出口座標位置才能逃脫。

以遊戲角度來看，這就是破解路線，完完全全照著遊戲規則來，沒有任何故意刁難或是疏漏的部分。

設計遊戲的主辦單位，一如既往地讓人搞不明白目的，但左牧並不在乎。

無論是他還是主辦單位，打從一開始就沒打算認真玩遊戲。

那些人想要他死，而他只是來把被他們綁架的謝良安帶出去。

僅僅如此。

「你跟黃耀雪他們聯絡上之後，就去辦另外一件事。」

謝良安眨眨眼，「什麼事？」

「我要你把出口座標位置發給所有玩家。」

「所、所有玩家？為什麼？」

「反正那傢伙說了，不管我這邊有多少人都沒關係。」左牧雙手環胸，勾起嘴角邪笑，「既然對方這麼熱情地邀請，那麼當然是多找點人來才熱鬧，你說對不對？」

其他人已經意識到左牧心裡在打什麼算盤，唯獨謝良安單純地眨眼。

「原來如此！你是想要讓大家一起逃出去對吧！」

左牧總覺得謝良安好像對他有些誤會，莫名其妙把他當成超級大好人，但他的個性可沒好到會去做這種慈善行為。

他看了魯斯一眼，見到他比手畫腳，希望自己能夠就這樣讓謝良安繼續誤會下去，於是便不打算糾正謝良安的錯誤印象。

謝良安那副閃閃亮的表情，他永遠習慣不了。

「這樣的話，需要一點時間。」明白左牧在盤算什麼的羅本，伸手按壓後頸，疲倦地嘆了口氣，「你乾脆直接說，我們能休息多久吧。」

「我想想。」左牧用食指輕輕敲打臉頰思考，「一個禮拜如何？到時候你的手應該會比現在好一點吧。」

「……我又不是兔子，你以為槍傷這麼快就能恢復？」

「雖然你不是兔子，但我覺得一個星期的假期對大家來說還算不錯。」左牧彎起雙眸，露出燦爛的笑容，「難得來到這種地方，我們就好好享受如何？」

沒有需要破關的壓力在，心情也跟著變得輕鬆不少。

只不過，「正常」情況下不可能有輕鬆放假的心情，能說出這種話來的，也只有不把主辦單位的邀請放在眼裡的左牧。

「現在不是應該要趕快離開嗎？你覺得主辦單位不會趁這段時間派人來殺我們？」羅本試圖讓左牧改變想法，但很可惜，從他沒有絲毫變化的笑容來看，這項要求並沒有被採用。

左牧翹著二郎腿坐在沙發上，「急什麼？他們又沒有拿導彈對準我們。」

「不是，我說你會不會也太放鬆……」

「我累個半死，好不容易有時間喘口氣，既然他沒指定要我什麼時候過去，那就不用著急。」

羅本有些擔憂地看向謝良安，原本以為膽小的他會持反對意見，沒想到謝良安的臉上不但沒有半絲恐懼、不安，反而還很期待。

情況越來越讓他感到莫名其妙了。

是因為跟左牧待在一起太久的關係？原本還比較像個正常人的謝良安，也漸漸變得不太正常。

羅本無奈地抹臉，最終也只能妥協。

左牧絕對不會做沒有意義的行為，即便看起來很愚蠢，但他這麼做肯定是有什麼計畫的吧？

……應該。

「嗚呼！」

「哇！該死的，不要往我這邊跳啦！」

「三十一號你這個混帳！別再把海灘球打爆了行不行！」

大海裡，黃耀雪正朝著表演跳水技巧的謝良安大吼，因為他的關係害躺在充氣墊上的他摔進海裡，好好的日光浴時間就這樣沒了。

至於沙灘上，兩人一組的沙灘排球隊伍正在比賽，但因為兔子總是把球打爆的關係，始終玩不起來。

黑兔不滿地對面無表情的兔子抱怨，而和他們組隊的明碩跟魯斯則是開始考慮要不要乾脆他們自己玩就好，別跟這兩隻兔子一起。

邱珩少與世無爭地躺在沙灘椅上曬太陽，左牧則是大口吃著烤肉串，以旁觀角度欣賞這群人製造出的混亂情況。

——至於羅本，他正用全身表達出不滿，持續抱持低氣壓的態度，翻轉烤肉架上的串燒。

「我為什麼會在這……」

羅本喃喃自語，不懂怎麼時間一晃眼就變成現在這副景象，明明他不久前還在保養狙擊槍。

左牧聽到他還在抱怨，便對他投以「你怎麼這麼不識相」的眼神，厭惡地盯著他看。

「你心情不好還能把肉串烤得這麼香？」

「烤這種東西用的是技術，不是心情。」羅本朝他翻白眼，「想讓我心情好點就趕快讓我離開這鬼地方。」

「有什麼關係？天曉得離開後還有什麼機會到海島玩？」

「陳熙全不是很有錢嗎？讓他幫你預約海島旅行不就好了。」

「開什麼玩笑，讓他給我安排海島旅行根本是便宜他，至少也得跟他凹個石油礦之類的才划算。」

「……你這種時候精打細算，直接拿錢而不是拿假。」

「所以我現在這樣做的話，不是兩種都可以擁有嗎？」左牧比出勝利的手勢，嘻嘻笑道：「你看，海島渡假、錢，兩個都到手了。」

左牧十分確信把謝良安救出去之後肯定會收到報酬的理由有兩種。

一個是陳熙全肯定不會拒絕提供報酬給他，另一個則是依照謝良安的個性，絕對不可能不給他豐富的謝禮。

不管怎麼說，他都是收益最多的那一方。

左牧笑得很開心，羅本只想罵髒話。

收到小丑頭那天過後，他們回到碰碰車遊樂設施的島嶼，也就是那座只有競技場和車道的群島。

左牧以這座島作為據點，把他們的人聚集起來，並把主辦單位的座標位置公開，將情報告訴給遊戲區域內的玩家。

之後就不理不管，開始他們的渡假生活。

「你使喚黃耀雪的人，倒是使喚得很順手。」

羅本看著左牧和過來跟他報告情況的黑手黨聊完後，回來拿第二根肉串吃，實在很難相信這個人原本是個刑警。

因為黃耀雪有提前下令的關係，這些長相可怕的黑手黨全都願意乖乖聽從左牧的命令，甚至有人視他為大哥。

理由很簡單，因為他曾救過黃耀雪的命。

「嗯……果然啊。」看著黑手黨遞過來的平板，左牧認真地滑了幾頁後說道：「很好，繼續觀察。島嶼周邊的海域狀況也別忘記留意。」

「是！左牧大哥！」

黑手黨很有禮貌地向刑警行禮的情景，還真有點好笑。

羅本靜靜翻轉手中的烤肉串，眼神死得徹底。

「要吃雞肉串嗎？」

「不要，你多烤點牛肉。那個超好吃。」

「……你已經吃了五串牛肉。」

「我知道，有點少對吧。」

羅本看著左牧塞滿食物的臉頰、沾滿油光的嘴唇，最後決定去烤蔬菜。

「你幹嘛拿青椒出來！」

「不能光吃肉，也得吃點蔬菜。」

「你真的越來越像我媽了。」

「我不想生出你這樣的兒子。」

左牧嘿嘿笑著，繞過蔬菜盤，拿起裝滿明蝦的籃子說：「好啦好啦，既然不烤肉給我，烤這個也行。」

羅本真心覺得左牧沒救了。

不知道是不是因為渡假太過開心，加上沒有壓力的關係，左牧的態度變得比黑兔還要煩人。

羅本眼角抽搐，默默接下裝滿蝦子的竹籃。

才剛開始把蝦放上烤網，原本在打沙灘排球的四人組就湊到他的身旁來，眼巴巴地盯著蝦子看。

「要開始烤海鮮了嗎？我要吃扇貝。」

「螃蟹！先烤我的螃蟹！」

魯斯和黑兔自然而然地開始點餐，已經預想到之後會有更多點餐要求的羅本，已經開始放棄掙扎。

嗯，烤吧，全部都烤。

既然如此，他也要吃好吃滿吃到爽。

／

七天過去後，左牧從黑手黨小弟遞過來的平板，得知自己的計畫已經成功。

他並不是真的想偷懶，才突然說什麼要來趟海島渡假之旅，雖然確實玩得很爽快，主辦單位不但沒有出手打擾他們，黃耀雪還去從其他地方搬來一堆新鮮食材跟娛樂用品，落實他的渡假美夢。

差一點左牧就開始覺得這樣的生活還不錯，但幸好理智告訴他，就算過得再爽也還是別忘記，這個地方是主辦單位所掌控的區域，在這裡，他們沒有自由。

更重要的是，謝良安必須逃出去才行。

左牧一邊滑著平板，一邊沉默不語地喝咖啡。

萬能的羅本利用黃耀雪帶來的高級咖啡豆，泡出比他家買的咖啡豆還要好喝的黑咖啡，讓他開始擔心自己之後是不是沒辦法接受其他咖啡豆的味道。

他都快要分不清楚，到底是羅本的手藝好，還是咖啡豆的品質好。

左牧把空杯放在桌上，提眸看著雙手環胸，一臉像是要朝他的太陽穴開槍的羅本，勾唇笑問：「幹嘛？」

「你應該不會是真的想賴在這裡不走吧？」

「呵，問這什麼理所當然的問題。」左牧起身，將平板塞進他的懷裡，「你以為我為什麼要特地讓謝良安把主辦單位的座標位置發送給其他玩家？」

羅本愣了下，低頭看著平板上的監視器畫面片段，眉頭緊蹙。

這些影片看起來像是在賭城拍攝的，但裡面很混亂，一群人發瘋般到處破壞，就像是在找什麼一樣，讓熱鬧的城市陷入恐慌之中。

搗亂的人手腕上都有手環，很顯然是玩家，至於其他沒有攜帶手環的人，看起來都像是上流社會的人士，對於玩家們的暴徒行為感到錯愕與害怕。

「這是謝良安將座標位置發布一星期後，主辦單位他們所在位置的狀況。」

「……你該不會是故意利用其他玩家去搗亂的吧？」

左牧聳肩，「他又沒說不能隨便公開座標位置。」

羅本冷汗直冒。

確實，那顆小丑頭並沒有說過這句話，但「正常」來說在聽到對方說的話之後，應該就會立刻前往而不是在這裡浪費時間。

而且，「一般情況下」玩家也不可能好心到願意和其他人分享自己辛苦取得的情報——尤其這還是出口所在位置的關鍵線索。

人都是自私的，第一時間不可能會想到自己以外的人。

尤其在這個被死亡包圍、每次玩遊樂設施都在拚命的地方來說，如果辛苦得到的結果讓其他玩家坐享其成的話，心裡肯定沒辦法平衡。

所以對他來說，左牧的做法是不正常的。

就算可以理解他這麼做的原因，但還是沒辦法明白他為什麼要讓其他玩家免費得到如此重要的情報。

「你到底還在打什麼算盤？」

左牧笑道：「你覺得我把出口所在地的座標公開，是很不划算的決斷對吧？」

「當然，而且為什麼要讓出口變得這麼混亂？就算是想要製造混亂逃走，現在那個地方被玩家破壞，甚至還有人直接以武力霸佔，不是反而會給我們製造不必要的麻煩？」

「你真以為那傢伙把座標位置給我們，是真心想跟我坐下來談？」

「……不是嗎？」

「他也可以選擇把我擁有出口線索的事情公諸於世，這樣我們一瞬間就會成為其他玩家的眼中釘，畢竟不用蒐集徽章，只要從我們手裡奪走座標位置的線索就好，相對來說容易很多。」

「所以你是為了防止主辦單位先下手為強，才公開座標情報的嗎？」

「嗯，算是。」左牧比出勝利的手勢，繼續解釋：「這樣做的話，我們能得到兩種好處。一是可以避免被其他玩家圍毆的情況，二則是能夠利用人多的情況來造成混亂。」

「人海……戰術？」

「那些傢伙忙著應付其他玩家，就管不到我身上來。」

羅本邊看平板上的影片，邊聽左牧解釋。

最後，他頭痛地嘆了口氣。

「好吧，我明白你的意思了。那接下來要怎麼做？」

左牧笑著指向平板，「去湊熱鬧。」

「……啊？你在說什麼？」

「已經過了七天，那邊的狀況應該已經沒有剛開始那麼混亂，這幾天我都有讓黃耀雪的手下幫忙留意那邊的情況，這個遊戲區域的玩家應該差不多都集中到那裡去了，只剩我們跟不敢接近、打算旁觀的玩家們。」

「你該不會是想跟上次一樣，打算把所有人一起帶出去吧？」

「上次跟這次不同，這次可是主辦單位他們自己同意讓我帶其他玩家離開的。」

「哈啊……我的頭已經開始痛了。」

「去收拾收拾吧，我們今天出發。」

「這麼快？」

「你如果想再多休息一天也可以。」左牧盯著羅本受傷的位置，「你最近還是有刻意不使用那邊的手做事情，對吧？」

羅本愣了下，再次扶額嘆氣。

他就是討厭左牧觀察得如此細微這點。

「不用在意我，這點傷對我來說根本不算什麼。又不是手被砍了不能開槍，我沒事的。」

「那就好。」

左牧打開船艙門打算離開，沒想到一開門就看到兔子站在那，差點整個人撞進他懷裡。

「你又跟過來了。」左牧無奈看著頭髮溼答答，全身海水味道的兔子，「幹嘛把自己搞得這麼狼狽？不會又跑去玩水了吧？」

左牧邊抱怨邊往下看，赫然發現兔子的袖子上沾有紅色的液體，不耐煩地蹙眉問：「……這是怎麼回事？」

「有幾個傢伙溜到島上，我跟三十一號剛剛去處理完回來。」

黑兔從兔子身後探出頭，一臉不高興地看著左牧和羅本。

左牧朝羅本看了一眼，明白他意思的羅本點點頭之後，拽著黑兔的帽子把人帶走。

「我過去看看狀況，你帶路。」

「為、為什麼是我？我溼答答的，想洗個澡——」

「廢話少說，給我過來就是了。」

羅本和黑兔離開後，左牧把平板遞給兔子。

知道左牧是想問他發生什麼事情，於是兔子就乖乖把平板接過來，低頭打字。

在他認真撰寫長篇大論的時候，左牧很自然地把他拉到椅子坐下，拿起毛巾仔細替他把頭髮擦乾。

兔子的頭髮又細又軟，摸起來的手感很好，不用保養就能維持好髮質。

好不容易把他擦乾後，兔子也把寫滿文字的平板遞給他。

因為字太多，所以左牧只是簡單看了幾個重點。

總之兔子想說的是，他在跟黑兔打架的時候，無意間發現有人想從其他位置入侵這座島，所以他跟黑兔就把這些人當成練習靶，全部殺掉了。

至於全身溼答答的原因，是因為要游到那些人搭的船上，把人一個不留的全部清除乾淨的關係。

明明可以寫得很簡單，但兔子卻寫這麼滿的原因，是因為裡面大概三分之二都是在跟他抱怨，為什麼要拋下他跟羅本獨處的事。

左牧很乾脆地無視從文字裡溢滿出來的怨念，直接刪除文件。

「我還以為主辦單位不會派人過來，那艘船派了多少人來？」

兔子眨眨眼，伸出手指頭開始仔細算。

看著他手指頭不知道重複算過多少次之後，左牧放棄追問。

「……算了，之後我再問黑兔就好。」他握住兔子瘋狂計算的手指，嘆口氣，「反正我們也差不多要離開這裡，就別管那些人了。」

兔子正因為手被左牧握住不放而心花怒放，根本沒把他說的話聽進去。

雖然他還為了左牧單獨跟羅本見面而不爽，但現在左牧主動牽自己的手，所以那點小事他就當作沒看到吧！

兔子心滿意足地笑著想，反正他絕對不會再讓羅本跟左牧單獨相處，就算要，也得是他在場的情況下。

「喂，兔子，你在想什麼危險的事對吧？」

兔子聽見左牧喊他，便乖乖抬起頭，用無辜的表情眨眨眼之後，嶄露燦爛的笑容給他看。

雖然他笑得很開心，但左牧卻覺得大事不妙。

按照這隻兔子的性格，笑得越燦爛就表示他心裡想的事情越糟糕。

「兔子，我們再來要去那座人工島跟這裡的主要負責人見面，就是利用小丑頭跟我們說話的那個傢伙。到那裡之後，不管發生什麼事情，你絕對不可以輕舉妄動，聽見沒？」

兔子笑著，換做平常他都會點頭回應，可是這次卻沒有。

左牧有些不安，但他也只能希望兔子能乖乖聽他的話。

在那些不速之客來訪後沒過多久，以左牧所搭乘的快艇為首，總共五艘船就這樣浩浩蕩蕩的從這座島出發。

出發的人包含他們在內，還有邱珩少和黃耀雪，與那些看起來凶神惡煞的黑手黨部下，雖然一起行動的話很容易被視為目標，存在感十分強烈，但現在他們可以不用擔心這些問題，因為主辦單位根本就沒時間管他們。

謝良安一直在透過生物型機器人確認那座人工島內的情況，不得不承認，主辦單位在安檢方面確實做得很好，即便那些玩家鬧了整整一週，受到的影響也不是很大。

單純只有讓人感到不爽而已。

主辦單位不會把這些玩家殺死，因為這對他們來說是很大的損失，面對大多數玩家的入侵，他們能做的就只有維護人工島內的安全，想辦法把玩家們隔絕在島中心外圍的空間。

不過，因為這陣騷亂，原本熱鬧的賭城變得很安靜，大部分的會員也已經撤退離開，現在留在那座人工島上的，只剩下主辦單位以及相關人員。

再這樣下去，他們這個遊戲區域的體制會徹底崩壞，所以主辦單位才會試圖派人過來，想要接觸左牧。

既然解決不了問題，就把問題本人解決掉——當然，這只能想想而已，主辦單位不會那麼輕易挑在這個時間點暗殺他。
綜合所有觀察，左牧十分確信現在的主辦單位沒有多少威脅性，但，只要他們想的話，也是可以放棄這個遊戲區域，把所有玩家關在這裡，囚禁到死。
所以，左牧仍需要再和他們玩一場遊戲，而這將會是雙方的最後一局賭注。
正在駕駛快艇的謝良安，透過雷達發現前方海域有不尋常的物體。
他嚇了一跳，急急忙忙起身，將頭探向站在一層甲板的左牧。
「左、左牧先生！前面的海域有東西。」
「……是船隻吧。」
左牧雙手環胸，冷靜地回答，就像是早料到前面會出現什麼一樣。
謝良安訝異地眨眨眼，「是，是的。從雷達上來看應該是船，但是體積大我們很多。」
「就這樣開過去沒關係。」
「認、認真的嗎？」
「不會有事的，相信我。」
謝良安雖然有些不安，但還是願意照左牧的想法去做。
往前開一段距離後，海平面出現黑色的物體，並慢慢隨著距離拉近而變得巨大，直到完全看清楚它的全貌為止。
那是一艘比他們的快艇要大二十幾倍的私人船隻，它橫在他們的面前，就像是故意當個路霸，阻撓他們前進的路線。

甲板的位置隱約能看見幾個人影，其中一個人好像還拿著大聲公之類的道具。

嗡嗡——

空氣裡迴盪著機械發出的雜音，接著那個人就用大聲公，大膽地和怒瞪這艘船的左牧打招呼。

「好久不見？左牧先生。」

他的語氣略帶疑問，就像是不確定現在這個狀態下，是不是應該先打招呼比較安全。

如果是來找碴的話，不可能用這種態度和他們說話。

對方很明顯就是來找左牧的，要不然也不會故意在前往人工島的路線上埋伏。

左牧不以為然地聳肩，就好像覺得對方可以看得見自己的態度一樣。

讓人驚訝的是，那個人還真的能夠看到。

「別生氣，我又不是來找你打架的。」

男人試圖安撫左牧，很可惜並沒有得到任何效果。

左牧的臉色依舊難看到極點，就連站在他身旁的兔子也開始有點不耐煩。

看到這個情況後，謝良安急忙確認周圍的天空，果真發現有幾臺無人機停滯在附近，將快艇上的情形一五一十地回報給對方。

左牧嘆了口氣，朝男人勾勾手指，示意他過來。

不過他的表情像是要把對方碎屍萬段一樣，所以男人當然不可能乖乖過去。

「抱歉，我可不想被你身旁的寵物咬死。現在這個距離對我們彼此來說剛剛好，你說對吧？」

「嘖！」左牧不爽咂嘴，低聲咒罵幾句後，抬起頭對謝良安說：「打開通訊系統，我直接跟那傢伙聊。」

謝良安點點頭。

其實剛才他就收到那艘船的通話請求，只是他沒有回應，既然現在左牧允許了，那就應該沒什麼問題。

在接受通訊要求後，那個人的聲音就立刻從船內的廣播裡傳出來。

『呀——真是幫大忙了，如果只能單向通訊的話，我真的會懷疑你是不是還在生我的氣。』

「閉嘴吧，程睿翰。」

『我真高興，沒想到那麼久沒聯絡，你還記得我的聲音。』

「你要是想說些有的沒的，我就直接把兩隻兔子送到你的船上去哦？」

『左牧先生，我可沒派人拿槍瞄準你的腦袋，沒必要這麼敵視我吧？』

「為什麼？我應該沒有義務對你溫柔。」

『哈哈哈！真是——雖然早就從陳熙全那邊聽過，知道你就是這種人，但你這種完全不給任何情面的態度，真的很令人頭疼。』

程睿翰笑著說完後，收起輕鬆的語態，聲音變得低沉。

他警告左牧：『你，真的做得很好啊？不愧是能把E3區搞得雞飛狗跳的男人，我們這邊也因為你，情況變得很為難。』

「我就當你是在誇獎我。」

『雖然我知道你不是那種會乖乖順從的個性，但我也沒想到你竟然會把座標位置告訴所有玩家。』

「怎麼？因為不在你們的預料範圍內，所以手忙腳亂嗎？」

『哈……左牧先生，我知道你透漏座標位置可不是因為想當個好人，而是想要利用其他玩家，讓他們成為你的武器。』

「呵，所以呢？」左牧勾起嘴角，壓低雙眸，「你們真以為我會好好坐下來跟你們喝茶聊天？想得美。」

『……左牧先生，我雖然很佩服你的勇氣，但你真的把我們的老大惹火了。』

「老大？就是說要跟我見面談談的那個男人？」

『對就是他。』從程睿翰煩躁的聲音可以聽得出來，他現在心情有多麼糟糕，就連回答也開始變得敷衍、不客氣。

『左牧先生，我是特地來迎接你們的。所有人都上船吧，我會帶你們從其他港口進入人工島。』

看這樣子，原本的港口應該已經被封鎖。

左牧並不打算拒絕程睿翰的請求，因為他跟陳熙全是一夥的，再怎麼說也不會挑這個時間點過來陰他。

單就這點來說，他就可以確定搭上程睿翰這艘賊船，不會讓自己丟掉小命。

左牧轉頭向其他人示意：「既然這傢伙主動邀請，我們就去搭個順風車。」

所有人表情震驚地看著左牧，似乎不能理解他為什麼要做這麼不安全的決定，當然，對左牧百分之百信任的兔子並沒有任何反應。

「你認真的？沒開玩笑？」魯斯眨眨眼，沒想到會遇見這種讓人傻眼的情況。

他還以為左牧是個聰明人，但他怎麼會傻到相信程睿翰？

因為最初和主辦單位一起行動的關係，這些島嶼負責人他都見過，在這群人當中，最讓人無法看透想法的人就是程睿翰。

直覺告訴他，最好別跟這男人扯上關係，這個想法直到現在都沒有變過。

左牧聳肩，「來不來隨便你，但我話先說在前面，就算你不跟，謝良安也必須和我走。」

魯斯一臉氣憤地瞪著左牧，左牧則是不把他的威嚇放在眼裡。

被夾在中間的謝良安冷汗直冒，尷尬地朝羅本看過去，希望他能給予幫助，不過對這種情況已經見怪不怪的羅本，卻沒有接收到謝良安的求救視線。

「再怎麼說，那傢伙也不會把我們騙上船之後殺掉。」羅本扛起自己的包包，疲倦地嘆氣，「就照左牧說的做，但還是得小心點。」

「你真愛擔心這些有的沒的。」左牧無奈地說：「別擔心，要是有百分之零點零一的危險，我也不可能說要上那傢伙的船這種話。」

羅本直視左牧的雙眼，沒有繼續追問，選擇接受。

「……是嗎。」

『你們是不是忘了我還在聽？通訊沒有關閉哦？』

通訊器傳來程睿翰的聲音，雖然他這樣說，可是從態度看起來完全沒有半點尷尬，反倒像是個隔岸觀火的。

左牧冷哼道：「還不快點讓我們上船。」

『你們得先談妥再上來，要不然我怕我會先被你們飼養的野獸咬死。』

「只要你別做奇怪的事就好。」

『哈哈！那就把我當成接送貴賓的服務生就好。』

幾句閒聊，讓氣氛稍微沒有那麼緊張後，他們才結束和程睿翰的通話。

沒過多久程睿翰的船便靠過來，降下梯繩讓他們爬上去。

在甲板等待左牧等人的程睿翰，依舊笑臉迎人，讓人很想衝過去揍一拳。

「左牧先生。」程睿翰睜開笑瞇的雙眸，對剛踏上甲板沒幾秒鐘的左牧說：「我們談談。」

左牧愣了下，直覺意識到他有其他話想私下聊，於是便點頭同意。

「我跟程睿翰稍微聊一聊，你們自由行動，但別惹事。」

他簡單向其他人下達指令後，就走到程睿翰面前。

兔子原本想跟過去，左牧發現後卻用手掌輕推他的胸膛，阻止他靠近。

「我會在你的視線範圍內跟他談，所以你別靠近。」

兔子哀怨地看著左牧走遠，視線始終停留在他身上，沒有移開過。

他討厭那個叫做程睿翰的男人，討厭所有讓左牧離開他身邊的理由跟原因，可是他不能太過自私，只因為他不想惹左牧生氣。

羅本在一旁觀察有分離焦慮症的兔子，覺得他的「症狀」越來越嚴重，過去還沒有那麼過激，但最近他越來越覺得這個人病得不輕。

「你在看什麼看得那麼認真？」

黑兔把頭湊過來，貼在羅本的手臂旁邊，像是個黏人的孩子。

羅本蹙眉，「總覺得兔子的狀況有點奇怪。」

「會嗎？我看沒什麼變化，還是一樣討厭。」

知道跟黑兔談論這種話題是自討苦吃，所以羅本並沒有接著把話說完。

過分執著對於殺手或是軍人來說，都不是什麼好現象，尤其是像兔子這種對「被某人索求」的依賴性特別強烈的人來說，更加危險。

他希望能夠安然無恙地離開這個地方，但每當他有這種念頭時，就會有事與願違的結果產生。

「謝良安，追蹤這艘船的航線，還有就是離左牧遠點。」

前者的要求還能理解，但後面的要求卻讓人陷入困惑。

「……什麼？左牧先生該不會出什麼事吧！」

「如果不想被兔子盯上，就聽我的。」羅本拍拍他的肩膀，帶著黏在手臂上的黑兔離開，留下滿頭問號的謝良安。

他轉頭向魯斯求解，可是魯斯也不太清楚羅本到底發什麼瘋，只能搖搖頭。

「小子，離開這裡後就別再跟這群人扯上關係。我看他們都不是正常人。」

「臭老頭！說誰不正常？我看你才是最不正常的那個！」

遠遠聽到魯斯說他們的壞話，黑兔馬上大聲反駁，還順便送他一根中指。

魯斯很想現在就過去把那隻不聽話的黑兔痛揍一頓，但最終他還是忍下來。

「哈——該死的，不過就是個野獸，有主之後就開始反咬馴獸師了是吧。」

「你說誰野獸？我脫離組織了好嗎！」

「想得真美，你覺得身為組織的商品，還能擁有選擇權？」

「隨便你說什麼，反正事實就是這樣。」

「……真是不知天高地厚的臭小子，跟三十一號一樣麻煩。」

魯斯氣得咬牙，不斷碎念。

聽見他跟黑兔對話的謝良安，倒是有點好奇。

「大叔，那個……你也是同個組織的吧？所以你也沒有選擇自由的權利？」

「什麼？」魯斯愣在原地，因為他沒想到謝良安會突然問他這種問題。

他一臉尷尬地摳臉頰，「呃、是沒錯啦！但我、我的情況比較特別，所以我就算離開組織也沒什麼問題。」

都怪謝良安用可憐兮兮的表情盯著他看，就好像是在擔心他會不會又消失不見一樣，讓他沒辦法說出讓人傷心的話。

老實說，他離開後也得回組織一趟。由於他的身分關係，「困獸」並不會對他干涉太多，但是他得留在謝良安身邊，也就是說到時候他唯一的弱點就會曝光在組織面前。

跟他在一起，謝良安的處境可能會變得比之前還要危險，可他沒辦法再一次拋下這個小鬼離開。

就這點來說，他跟兔子的情況恐怕沒什麼不同。

那個人雖然表現得好像是跟蹤狂、黏人精的樣子，但實際上他自己也很清楚，一旦他離開左牧身邊，那些在陰影處等待機會的人，肯定不會錯過這個機會。

「哈啊啊啊啊……所以說殺手就是不能心軟。」

魯斯扶額，仰天長嘆。

就算他再小心，也沒辦法預測自己哪天會被人繫上項圈。

「小子，你什麼都不用擔心。」魯斯把手掌壓在謝良安的頭頂，用力搓揉，「你只要想著離開後要去吃什麼好料的，或是去哪裡玩就好，其他的事交給大叔，大叔會幫你全部處理乾淨。」

「知道了！我會帶大叔去玩的！」

「我是說挑你自己想……唉，算了。」

魯斯實在拿這個善良的小傢伙沒辦法。

原本是想抱怨的，但看到他輕扯自己的衣服，對未來充滿期待的眼神後，把想說的話硬生生吞回去肚子裡。

他能怎麼辦？他就是覺得謝良安很可愛，忍不住想要寵他。

這是不可抗力！

突然，原本只是靜靜在遠處監視的兔子，突然神色大變，二話不說快步衝向左牧和程睿翰。

由於事情發生得太過突然，羅本和魯斯都來不及阻止，等注意到的時候兔子已經抓住程睿翰伸向左牧的手腕，用力掐緊。

程睿翰手腕瞬間麻痺，甚至能聽到骨頭嘎嘎作響的聲音，不由得冷汗直冒。

他的手下和隨身攜帶的兩隻「野獸」，見到這個狀況後差點要衝過來，但是卻被程睿翰抬手暗示別輕舉妄動。

理由很簡單，因為兔子看著他的眼神，是要把他碎屍萬段的那種意思。再說，他手中沒有能夠跟兔子抗衡的籌碼，所以反抗他沒有任何意義。

左牧抓住兔子的手腕，厲聲道：「把手放開。」

唯一能夠命令兔子的左牧，開口阻止。

兔子雖然表情仍然冷峻、沒有半點笑容，但在左牧下令後就立刻甩開程睿翰的手。

他堅持站在兩人中間，以自己的身體把他們隔開來。

左牧沒想到兔子會變得這麼敏感，明明在這之前都還好好的，是因為接近主辦單位所在地的關係嗎？

他一邊思考這個問題，一邊對程睿翰說：「你離我遠點，還有，你剛才說的話我會銘記在心的。」

程睿翰捏捏留下指印的手腕，苦笑著往後退好幾步。

「我只能幫到這，接下來你就自己看著辦吧，左牧先生。」

「嗯，謝謝你的幫忙。」

雖然是在道謝，但左牧卻面無表情，口氣也很敷衍。

他快速拉著兔子的手腕，把人拖走，免得他又惹出什麼讓人膽戰心驚的事。

左牧在進入艙房前，回頭看了程睿翰一眼。

程睿翰微笑，張開嘴用唇語和他說了句話，就算沒聽見聲音，不過左牧很清楚程睿翰在說什麼。

「主辦單位為你準備了最後一場遊戲，只要你能通過，上層就決定放棄對你的兔子出手，也不會再把你牽扯進來。」

聽到這個要求的左牧，無法理解這些人在想什麼，滿肚子怒火。

他不快地反斥：「憑什麼？我都順利通關，按照遊戲規則，不是應該放我們走嗎？」

「我只是來負責通知跟護送你過去的人，所以就算你跟我抱怨也沒用。」

「……說吧，為什麼突然增加這該死的遊戲規定？」

「繼續讓你破壞我們的遊戲區，對主辦單位來說損失太大，所以上層決定把這當成最後的賭注——當然，替你和主辦單位談判的，是陳熙全。」

「嘖！那該死的傢伙。他該不會就是想逼你們的頂頭老大跟他交易，才屢次把我拐來這些鬼地方搗亂吧？」

「看來你真的什麼都不知道。」程睿翰瞇起眼，「也是，按照陳熙全的個性，肯定不會跟你說。」

左牧突然產生不祥的預感，他抬起頭，直視程睿翰的臉。

「陳熙全的目的，究竟是什麼？」

他原本以為陳熙全是為了瓦解創造這個遊戲的主辦單位，但現在看來，似乎是有其他理由。

程睿翰呵呵笑道：「雖然我不能直接說出他的目的，不過我能給你一個提示。」

他將嘴巴靠近左牧的耳邊，輕聲低語。

左牧雙眸瞪大的瞬間，全看在兔子的眼裡。

而這就是他突然衝上來抓住程睿翰的原因。

進入船艙的左牧，沉著臉背對門。

腦海不斷響起程睿翰在他耳邊說話的聲音，並未這個從未想過的可能性，感到氣憤與混亂。

「該死的，陳熙全⋯⋯跟狐狸一樣狡猾的傢伙⋯⋯」

果然，打從最開始他就不該接受這該死的委託。

這些「遊戲」在全世界各地設置了許多區域，最初和兔子相遇的那座島稱為「E3」，而他們現在所在的絕望樂園則是「S2」。他們利用這些代號來稱呼這些場地，並各自指派團隊管理、操作遊戲，而這些實際操作遊戲的人員，就是發送通知邀請、在背後協助玩家們的「主辦單位」。

嚴格來說，「主辦單位」並不是對創立這個遊戲組織的人的稱呼，那群人更喜歡別人稱自己為「管理者」，支配著各個遊戲區域的主辦單位團隊。

聽起來確實沒有什麼大不了，可是「管理者」卻都是各個領域中擁有權勢的企業或集團，而且裡面全都是從這個遊戲體系成立初期的成員，實際人數為謎，但可以確定的是絕對是複數以上。

元老、幕後黑手、管理者等等……能稱呼這些人的方式有很多，但因為他們的存在僅僅只有主辦單位中的上層人員才知道，而大多數的人因為畏懼，並沒有賦予這群人固定稱呼方式。

即便是在私下場合，他們也不曾暗自討論過這群人。

因為沒辦法確定「管理者」的眼線藏在什麼地方，萬一說錯話或是洩漏祕密，不僅會導致死亡，甚至還有可能會被徹底從社會中抹除其存在。

他們的存在，是巨大的恐懼與威脅，然而程睿翰卻不避嫌地將情報說出來。

「陳熙全是管理者的繼任者之一。」

當左牧聽見這句話的時候，腦袋一片空白，五秒鐘過去後，如潮水般湧入大量的想法、猜忌，以及那些早就該覺得不對勁的地方。

陳熙全為什麼想要跟主辦單位對幹？主辦單位為什麼又不對陳熙全出手，還放任他搗亂？甚至是在他們從E3區逃出來之後，為什麼主辦單位沒有來將他們所有人斬草除根，還讓他們過上平靜的日常生活？

——是啊，他早該想到這個可能性的才對，但他為什麼偏偏卻沒有認真思考這個問題？

左牧很清楚，自己其實早就已經對陳熙全的身分起疑，可是他卻單純因「不想惹麻煩上身」的想法，而下意識去迴避、仔細思考這些問題。

陳熙全肯定也是因為了解他的個性，又或者是覺得被發現也沒關係，完全沒有打算抹去這些疑點。

「哈！我真像個傻子。」

左牧自嘲扶額，為自己懶散的態度感到可悲。

在許多疑點解開的同時，新的疑點也浮現出來，讓他終於對陳熙全的目的產生好奇心。

他所知道的，關於創造這些遊戲區域，以及主辦單位相關的資料，全都是陳熙全所提供的，如果程睿翰說得沒錯，那男人就是「管理者」之一的話，他為什麼還要故意主動提供資料，讓他更加了解這個遊戲組織？

「……不管怎麼說，如果陳熙全擁有繼承這個遊戲『管理者』的資格，那麼他到目前為止所做的行為，就像是不願繼承『管理者』身分，而故意搞破壞。」

左牧能想到的只有這個可能性，考慮到陳熙全的性格，這個可能性確實很大。

怪不得程睿翰、管紹還有魏世傑會願意無條件提供協助，甚至還能接觸到這個遊戲系統的主程式設計師謝良安——看來陳熙全確實有很多話沒有跟他說清楚。

他所知道的陳熙全，是黑白兩道通吃的企業家，幾乎沒有人敢跟他作對，而且對於陳熙全這個人的個人情報，少得可憐。

公開的資料裡面只有提到陳熙全繼承母親的家族企業後，並在短短五年時間就將公司拓展成世界級的財閥集團，生意手段了得、眼光獨特，可以說是優秀到讓人害怕的男人。

即便大家都知道陳熙全手中也握有軍力與不法途徑，本人也像個傻瓜大叔一樣，看起來人畜無害，但左牧很清楚，這男人絕對榮登他不想來往的對象前五名。

程睿翰會挑這個時候告訴他這項情報，肯定是陳熙全要他這麼做的。

意思是他不打算隱藏了嗎？

左牧抬起頭，雙手插入口袋，面無表情地看著船慢慢靠岸。

「剩下的等離開這裡後再想吧。」他嘆口氣，看著兔子和其他人朝自己走過來，勾起嘴角冷笑，「總而言之，我們先照著交易條件，來玩這最後一局遊戲。」

在這之後，他會去掐著陳熙全的脖子逼他如實以告的。

航行到這座港口的路上，程睿翰讓他和「S2」區的主辦單位團隊的老大——也就是利用小丑頭和他進行對話的那個男人，順利取得聯絡。

估計是因為他把座標位置公開，結果害他們手忙腳亂的關係，原本說要見面的男人改用通訊系統跟他聯絡，有點好笑。

這很明顯就是怕他怕得不得了啊。

總之，那個男人說只要他按照指定條件，通關最後一個遊樂設施的話，就會無條件放這艘船上所有人離開。

左牧對於「指定條件」這項要求有點不滿，不過看在對方真的有點可憐的分上，他決定也提出幾項條件來平衡。

特別重視「公平」與「遊戲規定」的主辦單位，不可能拒絕他的要求。

首先，男人提出三項條件。一，左牧玩家為指定參與者，可再攜帶最多三人同行，遊戲進行期間其他人只能待在船上，不許離開——在直升機上的人也一樣。

當左牧聽到最後那句話的時候，忍不住笑出來。看樣子主辦單位是怕他又做些投機取巧的小動作，所以才會故意用補充的方式提起「直升機」的事。

仔細想想，還挺有趣的。

早在決定讓直升機過去幫助邱珩少他們的時候，左牧就已經不打算把直升機當成底牌使用，後來一直沒有使用它的理由也很簡單，就只是單純不需要。

主辦單位恐怕是誤以為他打算用直升機做些什麼吧，很可惜，猜測的方向並不完全正確。

其他兩個條件就比較單純，「禁止謝良安有任何協助玩家的行為舉動」，以及「若玩家順利通關此遊樂設施，就不許再接觸、參與其他遊戲區」。

坦白說這些條件都沒有什麼太大問題，站在主辦單位的角度來說，是很正常的要求，所以左牧聳肩後點頭允諾。

而面對這些條件，左牧僅僅提出一項要求。

——成功達成他們所「指定」的遊樂設施後，遊戲方將徹底不再接觸本次離島的所有玩家。

左牧的要求很簡單，就是打算利用這次機會，跟主辦單位徹底說再見。

雖然他覺得這次過後主辦單位應該不會想不開，再把他抓回來，但上個保險還是比較安全。不怕一萬只怕萬一。

左牧再三跟對方確認，條件限制的部分僅限於遊戲進行期間，得到肯定的答覆後，雙方的交易成立。

抵達港口後沒多久，左牧帶著另外三人爬梯繩下船。被挑選跟他一起進去遊樂設施的人，沒有意外，是最初一起進入絕望樂園的羅本等人。

其他人遠遠站在船邊目送他們離開，感受最深的就是謝良安充滿炙熱的視線，像是要把他們的後腦杓看穿似的。

左牧總覺得有種把寵物犬留在家裡，獨自外出去玩的錯覺。

他回看了謝良安一眼，用眼神給他下達暗示，也不清楚謝良安究竟有沒有看懂他的意思，因為在跟他眼神交錯後，謝良安突然揮舞雙手，大聲說道：「左牧先生！一定要平安無事地回來！」

突然覺得想要給他暗示的自己有點愚蠢的左牧，默默把頭轉回去。

「哈啊……那個傻子。」

光是有兔子已經夠讓他頭疼，現在又多了個謝良安。幸好在離開這裡後，就可以跟謝良安分開，否則他可能會考慮從自己家搬出去住。

左牧等人在踏上港口後，梯繩便迅速收回，似乎不打算給他們任何一秒猶豫的時間。雖說左牧本來也沒打算回頭，但這種匆忙的態度，還是讓他有點不爽。

撇開對這些人的行為不說，現在他得專心面對眼前的遊樂設施。

距離港口最近的，只有一棟單層建築。建築物體積很大，就像是個音樂廳，入口的大門旁掛著警示標語，以及簡短的說明。

遊樂設施：鏡子屋。
遊玩人數上限：四人。
遊戲規則：通過鏡子迷宮抵達出口。

說明只有這簡短三行，坦白講真的很陽春，但這次的遊樂設施並不是他們挑選的，而是跟主辦單位交易的遊戲主題，所以就算上頭只有三句介紹，左牧也還是得進去。

「你們應該沒有方向障礙吧？」

左牧客氣地問其他三人。

兔子搖搖頭，黑兔跟羅本也各自聳肩。

「我不覺得這棟建築物裡面的是普通迷宮，如果只是沒有方向感的話，問題倒不是很大，但如果是其他『理由』的話，可不是光靠方向感就能解決的。」

羅本還是老樣子一針見血。

「光是『鏡子』迷宮就已經夠讓人頭疼，而且還不知道主辦單位會在裡面安排什麼樣的陷阱，總之，各自小心點。」

羅本看了左牧一眼，主動往前走。

「我走前面。」

「哇——你要以身涉險？」

「才不是那種肉麻的理由，我只是單純覺得走你後面比較危險。要是主辦單位想對你出手，我站在後面的話不就會掃到颱風尾？」

羅本面無表情地走進建築物裡，讓左牧只能無奈搔頭苦笑。

三人在羅本之後進入屋內，大門裡面是扇形的前廳，以及一扇緊閉的大門。

左牧才剛想說裡面怎麼沒開燈，門就突然自動關上，接著從房間陰暗處傳出一陣陣野獸的低吼聲。

框啷一聲，像是有鎖解開，在大腦還沒開始思考除了他們之外還有什麼「東西」存在的時候，巨大的黑色影子從左牧身旁跳過去，把站在身旁的黑兔撞進後方的牆壁裡。

「什——」

左牧愣了半秒，眼睛才剛開始慢慢適應黑暗，耳邊就傳來第二次撞擊聲。

感覺到兔子衝過來抓住自己的肩膀，左牧才意識到，第二個受到撞擊的目標是羅本。

「嘖，這到底是……」

撞飛黑兔和羅本的，似乎是兩隻體型巨大的人型怪物，雖然看不太清楚模樣，但隱約能夠看得出它們的身形有多誇張。

兩隻怪物同時撞向左牧和兔子，雖然兔子已經用最快速度閃避開來，可是大廳內被限制的空間，讓他沒有辦法完全躲避攻擊。

怪物們率先把兔子撞開，接著拳頭一揮，把左牧用力往牆壁方向打飛。

左牧感覺到身體以很快的速度向後退，後背撞破牆壁，他整個人跌入牆壁後面的空間裡。

背雖然痛到讓他快要站不起來，但最痛的位置，是被怪物打中的腹部。

他沒有吐出來已經算不錯了，換作是一般人，恐怕根本連站都站不起來。

好不容易起身的左牧，原本想爬出去看看情況，然而左右兩側卻突然亮起藍紫色的霓虹燈。

燈管沿著兩側的鏡子邊緣延伸，成為長方形，並緊密地貼在一起。

看到這情況之後，左牧再重新把頭轉向洞口，發現他撞進來的那個洞已經被碎裂的大型水泥塊重新堵住。

「……哈！原來是打這種主意。」

剛才的怪物，是故意把他們四個人分散開來的，雖然行為很粗魯，但可以隨機讓他們掉落到迷宮的不同位置。

很好，這隨機方式很有主辦單位的風格，令人咬牙切齒。

在左牧觀察這些邊緣散發微弱光芒的「鏡子」時，一顆顆像珠子般的光點從各處點亮，讓氣氛變得令人毛骨悚然。

喀喀、喀達……

金屬摩擦聲，以及利爪割玻璃的尖銳聲響，隨著它們慢慢出現在光源下而顯現出原本的模樣。

那是許多臺小型機器人，外觀有點像動物，可是它們沒有動物的外皮與毛髮，尖銳的牙齒、爪子，以及那條像是隨時都可以貫穿人體的長條尾巴，足以讓人看清楚這些機器人有多麼危險。

它們攀附在牆壁上面，阻止左牧接近，或是試圖把水泥塊推開後離開。

左牧慢慢往後退，與它們保持距離，幸好這些小型機器人並沒有要攻擊他的意思，看來它們收到的指令，只有防止玩家離開迷宮。

此時，漆黑的天花板傳來廣播。

「歡迎來到鏡屋迷宮，請在十分鐘內抵達位於迷宮中央的出口。」

隨著廣播聲在整個建築物內部回響，各處傳來的撞擊、開槍聲，以及金屬摩擦的尖銳聲響，讓左牧很快就明白，這地方絕對不是單純的鏡子屋。

「迷宮內部有許多障礙物，請玩家想辦法自行脫困。請不用擔心，所有鏡子皆經過特殊

強化，為軍用等級，不會輕易毀損。」

「遊戲時間將於本次廣播結束後開始倒數計時，祝各位玩家有個愉快的遊戲體驗。」

當廣播結束，天花板突然浮現出巨大的倒數計時數字，紅色的燈光令人充滿不安，尤其是看著秒數飛快流逝，更容易讓人慌張、著急。

左牧仰頭看著倒數計時器，不由得苦笑。

主辦單位真的很擅長心理作戰，用這種方式讓玩家產生焦慮感，人的大腦就會直覺認為要盡快離開這裡才行。

而通常在慌張的情況下，人的判斷能力會下降，即便這個鏡屋迷宮的面積不是很大，十分鐘的時間綽綽有餘，但很有可能會因為自己給自己的壓力過大而無法冷靜，造成錯誤的判斷。

雖然同時有至少四名玩家一起進行迷宮遊戲，但最大的問題並不是在迷宮，而是廣播裡所提到的「障礙」。

很顯然，這些小型機器人還有剛才出現的怪物，就是所謂的「障礙物」。

左牧單手扶著鏡面，垂低雙眸，心中充滿不安。

他擔心的並不是在時間限制內能不能順利抵達迷宮中央，而是怕那隻毫無預警跟他分開的兔子，會因為見不到他而做出脫序行為。

「……不管了，先往裡面走再說。」

在確定機器人不會攻擊自己後，左牧安心地背對它們，往迷宮內部前進。

／

迷宮另一側，被怪物強行推入鏡屋迷宮的兔子，正眼神發狠地瞪著阻擋在面前的龐然大物。

在稍微有些光線的位置，才終於能夠看清楚怪物的模樣。

它的雙眸發光，身體傳出金屬摩擦的聲響，肢體行動看起來十分僵硬，但是並不影響它的力量以及靈敏度。

這兩隻突然冒出來的「怪物」，實際是體型龐大的機器人。

不僅如此，周邊還有雙眸發光的小型機器人，就像是把兔子視為最難纏的目標，聚集在他面前的機器人數量，遠超出想像。

兔子將雙手垂下，無力地輕輕晃動著。

低著頭的他，慢慢張開嘴，抽了一大口氣。

當瀏海下的藍色瞳孔注視著這些機器人的時候，他的心裡，只有想要瞬間把這些金屬垃圾碎屍萬段的念頭。

左牧不知道在哪裡，跟他分開後左牧肯定遇到了危險。

滿腦子只有左牧的兔子，從喉嚨深處發出低吼。

「……你們這些混帳，是真的想讓我發瘋？」

從未在左牧面前開口的兔子，聲音低沉好聽，但態度卻陰冷到讓人不敢恭維的地步。

他跨開雙腳，將腦袋向後仰，迅速俐落地從皮套裡拔出軍刀，反握在手裡。

「哈啊……等等我，左牧先生。我馬上就會回到你身邊。」

耳邊迴盪著廣播遊戲規則的聲音，但兔子根本沒有聽進去。

抽動的眼珠子不停轉動，快要按耐不住獵殺的衝動。

早一秒也好，他要立刻確認左牧的安全。

他是左牧的殺手，是他可愛的寵物——除此之外的一切，都不需要。

巨大機器人看到兔子的腳稍稍往旁邊滑動一公分，便立刻衝上去。

明明它們的速度很快，發動攻擊的時機點也很完美，但當它們衝到兔子所站的位置時，那裡卻空蕩蕩的，連個人影都沒有。

機器人很顯然迷惘了，而失去目標的它們，完全沒有注意到踩在鏡面上，彎曲雙膝、以蹲姿注視著它們的黑色影子。

兔子將短刀插進兩片強化玻璃相連的縫隙中，以此為中心點將自己的身體以九十度角定在鏡面上。

這需要的不僅僅只是臂力，還得有相當優秀的平衡感與肌耐力。

對一般人來說根本不可能做到的事，甚至只有在電影裡才看得到的動作，如今正真實呈現在鏡屋迷宮裡面。

只可惜，看見這一幕的就只有操控巨大機器人的操作人員，以及透過狙擊鏡確認兔子所在位置，距離較遠的羅本。

羅本知道兔子本來就是個瘋子，不過是因為老跟左牧待在一起，所以「看起來」像個正常人。

除了過去曾自己主動離開左牧之外，兔子從來不曾和他分開過。

看樣子，這是那傢伙的地雷。

為躲避機器人而躲到高處的羅本，是四人中最優先確認自身安全的人，不過他並沒有選擇前往中央出口，而是先確認其他三人的位置。

可能是兔子那邊太過「熱鬧」，所以他最先找到的，就是那個瘋子。

正當羅本想要移開槍口去找其他人的時候，兔子突然抬起頭和他的視線對上。

羅本嚇了一大跳，連忙抬起頭，困惑地眨眼。

「不會吧？」他喃喃自語，雖然覺得不可能，可是剛才兔子確實像是知道他在盯著自己一樣。

冷汗直冒的羅本，當下決定不再管兔子那邊的事，轉而去找左牧和黑兔。

感覺到視線消失的兔子，把頭轉回來，看著那些失去目標、到處找尋他的機器人，就像是個在暗處觀察獵物的捕獵者。

「好煩啊……真煩人……」他的口中不斷重複碎唸這句話，就這樣帶著煩躁的心思，拔起軍刀後跳向其中一臺機器人。

他落在機器人的背後位置，眼底閃過厲光，瞬間找出機器人脆弱的連接位置，一刀插進去。

刀面傾斜四十五度角，輕而易舉將它的手臂砍下來，接著他將刀柄放在手掌心旋轉後握正，插入頭部後方的電路板位置。

伴隨著劈啪聲響，巨大機器人因短路而開始四肢僵硬地轉動，最後倒地。

另外一臺巨大機器人這時終於看到踩在機器人身上的兔子，動作飛快地朝他發動攻擊，就連其他小型機器人也圍過來，不打算給兔子任何喘息的空間。

面對強勢攻擊，兔子面不改色地抬起冷眸，一邊將小型機器人踹爛，一邊閃避巨大機器人的拳頭攻擊。

短短不到幾分鐘時間，周圍已是一片狼藉，到處都是機器人的殘骸與碎片。

兔子單手掐住雙腿連接處被砍斷、眼部插入一把軍刀的巨大機器人，此時此刻，兔子已經完全沒有身為「人類」的氣息，僅僅只是為了殺戮而行動。

臉上一片陰影的兔子，看不清楚他現在是什麼樣的表情。

他加大腕力，單憑自己的力氣，輕而易舉將堅不可摧的機器人外殼捏爛。

從留有兔子手指痕跡的位置，不斷溢出電流與霹啪聲響，最終巨大機器人停止運作，不再有任何反應。

兔子鬆開手，就這樣任由機器人摔落在地，成一堆廢鐵。

他彎腰從機器人的眼睛裡拔出軍刀，神情依舊沒有任何靈魂。

「左牧……左牧先生……」

干擾他的障礙已經清除，接下來，他要去找他的主人。

一聲槍響，子彈劃過兔子的耳邊，雖然沒有碰觸到他，但這樣的距離也已經足夠吸引到他的注意力。

兔子立刻用殺人的目光瞪向子彈飛過來的位置，而扣下扳機的羅本則是透過狙擊鏡，對那副想要咬死他的態度感到無奈。

「媽的，還好距離夠遠，不然這傢伙真打算衝過來把我殺掉。」

羅本是故意開槍的，他只是想要吸引兔子的注意力，所以刻意射偏。

而且他十分確定，兔子知道他正在用狙擊槍瞄準自己，即便他扣扳機都沒有閃避的意思，是因為兔子早知道這發子彈不會擊中他。

有夠恐怖——這是羅本此時此刻的感想。

就算他確實沒有打算射中，但察覺到這點而沒有閃躲意思的兔子，反而比他還要可怕。

羅本不想浪費時間，順利取得兔子的注意力之後，就用手指向某個位置。

即便距離遙遠，加上這裡的光線昏暗，但羅本很確定兔子百分之百看得到他的手勢，而且也能夠明白他的意思。

果然，兔子在看到他的動作後，立刻明白他的意圖，並迅速朝他指的方向衝過去——當然，他的方式跟他一樣，是爬到鏡子上方。

鏡屋迷宮雖然四面八方都被鏡子覆蓋，但每面牆的上方和天花板之間有保留空隙，所以只要能爬上去的話，其實迷宮根本沒什麼限制作用。

當然，前提是要能爬得了。

對一般人來說，沒有施力點的光滑鏡面，當然不可能有辦法攀爬，即便這些鏡面約只有兩個成年人高度，也是相當困難的事，不過對兔子和羅本來說，並不成問題。

只不過，在考慮「這面牆能不能爬」的問題之前，玩家也得先注意到牆壁上方的空間才行。

在這全部都是鏡子的空間，視覺會受到影響，就算理論上可以猜到這個可行性，但在光線不足以及鏡面景象反射重疊的前提下，很難讓人察覺到空間的存在。

但，這是以「一般人」的角度而論。

對於摔進鏡屋迷宮後，沒花幾秒鐘時間就發現這件事的羅本來說，根本不是什麼大問題，他甚至是四人當中最快做出這個決定的人。

當然，左牧自身早就已經從大腦撇除「爬牆」的選項，因為他根本爬不上去。

至於兔子——完全不需要擔心。

以鏡面上方空間做為踩踏點的兔子，很快就前往羅本手指的位置，但在剩不到兩步距離就要抵達的時候，一個黑色物體突然朝他的臉衝過來。

兔子面不改色，反應極快地單手接住它。

被他掌握在手中的，是強行拽下來的機器人頭部，而且看起來應該是幾秒鐘前才被拔斷的，斷裂的電線還在滋滋作響。

兔子用力掐緊手指，在金屬上壓出自己的指痕。

下一秒，他落腳的那面強化玻璃被人打碎，失去著陸點的兔子身體下墜，但他並不著急，就這樣順著玻璃碎片與突然攻擊他的人正面迎上。

「你們兩個！住手！」

揮出拳頭和拿刀刺向對方的兩人，在聽見這聲命令後，身體下意識僵住不動。

拳頭落在兔子的眼前，與他的睫毛微微相觸，至於那把閃爍冷光的刀口，也停留在對方的脖子位置，雖然碰觸到肌膚、稍稍割開一點傷口，但並沒有流太多血，頂多只要擦傷的程度。

以速度來說，持刀的兔子更快一點，但揮拳的黑兔也沒有打算善罷甘休。

兩隻兔子與彼此對視，皺緊眉頭、很不高興地咂嘴。

滿頭大汗，手臂靠著鏡子的左牧，看到這情況後不禁哈哈苦笑。

這兩個傢伙——他們早就已經知道對方是誰，卻還是沒有停止出手，根本是瘋了吧？

「你們別給我增加麻煩。」

他指著兩隻兔子抱怨，雖然他們已經收回拳頭跟刀，但表情卻沒有半點悔改的意思，讓左牧更加不爽。

明明是被困住，還有時間在倒數的情況下，這兩隻兔子怎麼還一副沒事樣？

不過，他也不是不能理解兔子們如此放鬆、完全不緊張的原因。

雖說攻擊他們的機器人確實有點煩人，甚至還故意用那種彆腳的方式把他們拆散，明知道這樣做根本沒有什麼用處，但還是這麼做的可能性，只有一個。

——拖延時間。

左牧抬起頭看著天花板上的倒數計時器。

不管怎麼說，這個鏡屋迷宮和過去接觸過的遊樂設施相比，都要太過「簡易」，甚至不是派傭兵或生物型機器人，而是一般的機器人過來干擾、攻擊，看起來主辦單位根本沒有打算認真面對這場賭注。

這並不像主辦單位的作風。

黑兔噘嘴，將雙手放在後腦杓上，故意裝傻抱怨：「我可是特地跑過來保護你的。」

他說得沒錯，事實確實是這樣，只是從黑兔嘴裡說出來，聽起來完全就像是狡辯。

左牧在鏡屋迷宮找出口的時候，最先遇到的人是黑兔。

除了剛好他跟黑兔摔進來的位置比較近這點之外，還有就是這小子憑藉自己的直覺，往「感覺有人在」的方向，一路破壞鏡子，直線前進。

明明是軍事用防爆鏡面，厚度、硬度都是完美的，在黑兔面前卻脆弱無比，不僅如此，負責干擾黑兔的機器人也都被他空手拔下腦袋，隨手扔擲。

所以當黑兔徒手打碎鏡子出現在他眼前的時候，左牧才終於有種「黑兔是困獸訓練出來的殺手」的實感。

除此之外，還有另外一個瘋子在遠處拿狙擊槍朝他射擊，單單只是為了引起他的注意，並給他「我在這裡唷」的提示。

突然有狙擊子彈從後腦杓射過來，差點沒把他嚇到魂飛魄散，不過那發子彈很明顯就是故意打偏的，再加上黑兔沒有任何反應，左牧才意識到開槍的人肯定是羅本。

大多數時間就像個正常人一樣的羅本，偶而也是會做些瘋狂行為。

這讓左牧開始有點想念那個總是像棄犬般看著他的謝良安，至少那傢伙不會做出這些脫軌行為。

總而言之——就結果來說，主辦單位想要把他們打散在迷宮各處的計畫，結果也只把他們分開了短短幾分鐘而已。連他都覺得無言，更不用說正在鏡頭後面看著這一切的主辦單位心裡有多不爽。

「我知道你是因為擔心我所以才……噗呃！」

左牧才剛把放在額頭上的手放下來，就被飛撲過來的兔子緊緊抱住。

他感覺到這雙手臂比平常抱得更用力，肋骨都快被壓斷。

「兔……兔子……你給我……放手！」

左牧用盡全力好不容易喊出來，兔子在聽到他的命令後，震了一下身體，迅速鬆開力道，以他的身體為中心往旁邊旋轉，改成趴在他的背後。

以他這黏人的態度，估計在離開這裡之前是不可能把他放開來了。

左牧懶得去糾正兔子的行為，臉色鐵青地對黑兔說：「我們繼續往出口前進吧，時間所剩不多。」

「知道了——」黑兔扭拳頭，一副蓄勢待發的模樣。

因為四周都是鏡子的關係，他們很難判斷自身位置以及中央出口的所在地，但這對黑兔來說並不是什麼大問題。

他只要把所有鏡子都打碎就好。

就在黑兔打算開扁的時候，四周圍又傳來金屬摩擦的聲響。

四肢僵硬、走起路來左右傾斜不穩，像是擺在服飾店門口，用來展示衣服的假人群，從四面八方聚集過來。

它們和剛才見到的金屬模樣機器人完全不同，很顯然，是更加難纏的對象。

兔子放開左牧，表現出忠心的態度，將他護在身後，黑兔冷眼掃過這些假人，嘴角上揚，看起來相當興奮的樣子。

「啊哈！是不同傢伙？不知道這揍起來手感爽不爽。」

兔子轉過頭頭來，惡狠狠地瞪了他一眼，似乎是在用眼神嘮叨他那好戰的性格。

黑兔聳肩搖頭，擺出「要你管？我就爽」的態度，欠揍到不行。

然而，這些假人並沒有給他們太多交談時間，很不會抓氣氛跟時機，像是蟲子般一擁而上。

碰！

子彈瞬間貫穿最先衝上來的假人，將它的腦袋炸開。

遠處的羅本看不慣這兩隻兔子不挑地點吵架的態度，率先開槍。

而這聲槍響，就像是開始進攻的訊號，兩隻兔子隨即各自往左右兩側的假人群衝過去。

黑兔以他絕對強勢的力量，像是折竹籤一樣，輕鬆把假人毀掉，至於兔子則是面不改色地踹開這些肢體不協調的假人，同樣徒手進行攻擊。

他似乎知道面對這些假人，刀具的攻擊速度會很慢，肉搏會比較容易點，所以才做出這樣的選擇。

很少看到兔子進行肉搏格鬥的左牧，反倒有些意外。

他還以為兔子拿刀的時候比較強，沒想到也這麼擅長近身格鬥。

果然——因為他是「困獸」培養出的最強野獸嗎？看起來並不僅僅像是從小培養訓練那麼簡單，反而比較像是種天賦。

擁有殺人的天賦。

光是想想而已，都讓人覺得可怕。

在兩隻兔子的絕對武力之下，假人很快就被他們清除乾淨，雖然戰鬥的空間有限，不過他們卻一邊處理掉難纏的假人，一邊利用它們砸碎周圍的鏡子，擴大可以行動的範圍。

結果在黑兔一個失手，用力過頭，把假人打飛三面鏡子的距離後，他們終於發現有個沒有擺設任何鏡子的空間。

「啊。」黑兔眨眨眼，開心地回頭向左牧報告：「欸欸欸！這是不是就是出口？我好像中大獎了耶！」

黑兔在原地蹦跳，而聽到他報告好消息的兔子，則是難看地將臉緊皺，像是吃了超酸的葡萄一樣，看起來很不滿。

原本想誇獎黑兔的左牧，耳邊總能聽見細微的碎念聲。

這讓左牧有些意外地抬起頭看向兔子，但兔子很快就裝作沒事發生一樣，用無辜的表情凝視他。

寒毛直豎的感覺，讓左牧不想去追問剛才是不是他在抱怨，直接當作沒這回事。

「……走吧。」

兔子點點頭，一拳砸爛最後一個假人的腦袋後，來到左牧身邊。

他伸出手向左牧示意，知道他想做什麼的左牧，在嘆口氣之後，乖乖把自己的手交給他。

雖然地板滿是玻璃與金屬碎片，不過還不至於影響走路。

可是直覺告訴他，最好別太過糾結這點小事，先讓兔子穩定下來比較重要。

走過黑兔開拓的路線，來到沒有鏡子的空間後沒多久，羅本也從他們進入的破口走過來會合。

他原本想說點什麼，但在看到左牧被兔子緊抱著不放，一臉疲勞地拽著黑兔的衣服，阻止他跑回迷宮去揍機器人的情況後，無言以對。

「什麼都別說。」

左牧抹臉，懇求羅本別老實把這個尷尬的情況說出來，更別問他任何問題。

羅本看了看兩隻兔子的情況後，伸手壓住黑兔的腦袋，讓興奮過度的他稍微冷靜一點。

「這樣應該算是順利過關了吧？」

「是啊。」左牧疲憊到只用簡單兩個字回應。

羅本歪頭指著天花板，「既然如此，那倒數計時為什麼沒有停下來？」

聽到羅本說的話，左牧赫然回神，抬起頭確認。

果然——跟羅本說的一樣，時間倒數並沒有停止。

這表示倒數計時跟他們進行遊戲的時間，沒有直接關係，那麼，倒數計時究竟是在計算什麼東西的時間？

「喂！你們在看吧？」左牧大聲怒吼，聲音迴盪在安靜的鏡屋之中，「我已經依照條件攻略完成，你們不是應該履行諾言？」

然而，沒有回應。

左牧咬牙切齒，只差沒罵髒話。

「……哈，簡直爛透了。」

這下他可以完全確定，主辦單位打從一開始就打算把他關進這個地方，拖延時間、故意安排完全沒有難度的遊戲規定，全都只是在消耗時間。

當不安的想法成為現實時，廣播裡再次傳出那個男人的聲音。

「你是沒辦法離開這棟建築的，永遠無法。」

男人的聲音低沉，而且十分篤定。

左牧和羅本一瞬間就明白，主辦單位在這個地方安裝了炸彈。

比起讓兔子成為自己的所有物，主辦單位最後選擇將最具威脅性的左牧列為優先剷除事項。

此時，天花板上的倒數時間只剩兩分鐘不到。

那些不會對他們進行攻擊的小型機器人，從四周圍爬近，輕而易舉就將周圍的牆壁塞滿，密密麻麻的讓人頭皮發麻。

它們的眼部燈光不停閃爍，並轉為和倒數計時同樣的顏色。

看到這一幕的左牧，終於意識到為什麼這些小型機器人不會發動攻擊，因為它們就是主辦單位用來殺掉他的移動式炸彈！

「嘖！該死！」

左牧迅速拔下自己的項鍊，扔到腳邊用力踩碎。

希望來得及，不，不管怎麼說都得趕上才行——

時間在剩餘不到三十秒的時候，四人聽見屋頂傳來螺旋槳的聲音。

左牧立刻對其他三人吼：「躲到角落去！」

四人遠離中央位置後不到兩秒鐘時間，鏡屋迷宮的屋頂被爆裂物炸開。顯示倒數計時的螢幕被炸碎，連同屋頂碎片掉落在他們周圍。

眼熟的直升機出現在空中，並降下兩條梯繩。

兔子和黑兔二話不說，各自抱住左牧跟羅本，抓住梯繩。

直升機在確認他們抓到梯繩後，迅速攀升高度，把四人強行拉出建築物。

小型機器人們就這樣看著左牧等人上升，在發出嗶嗶聲響後全數引爆。

左牧可以透過雙腿感受到爆炸的熱度，身體陷入爆炸引起的塵埃之中，但僅僅只有幾秒鐘時間，就被拉出來。

「咳咳、咳！」

左牧被嗆得狂咳，眼淚和鼻水猛噴，不管怎麼說，都比被炸成碎片來得好。

他原本希望不會用到這個備用計畫，但事與願違。

四人懸掛在梯繩上，搖搖晃晃地隨直升機飛回港口。

左牧在半空中看到著急到哭出來的謝良安，以及臉色鐵青、緊張到快死掉的黃耀雪之後，才終於鬆口氣。

啊——他絕對要泡個熱水澡好好睡上一覺。

在結束與「S2」區主辦單位的通話與交易，船隻開往港口前的這段路上，左牧把所有人聚集起來，討論接下來的計畫跟行動方針。

當然，他們刻意撇除了程睿翰與他的手下，畢竟他們的計畫中不需要這個男人的任何協助，只要他安分地將他們送到遊樂設施所在區域的港口就好。

就像是警察在突擊前的作戰會議，左牧早就已經很習慣這種情況，但身為平民老百姓的謝良安卻嚇得不輕。

尤其是在聽到他到左牧提出的應對方式後，臉色更是慘白一片。

左牧是被「指定」參與最後遊樂設施的玩家，所以很明顯地，主辦單位就是想要利用這最後的機會奪取他的性命，而且是要做到能夠百分之百殺死他的程度。

「左、左牧先生……」

謝良安顫抖地看著最終決定前往遊樂設施的四人，雙眸泛淚，直接哭出來。

明明是打著必勝的決心安排這次的作戰計畫，但為什麼看謝良安的反應，好像他沒辦法活著回來一樣？

他知道只要自己死亡，就等同於是主辦單位的勝利，所以說什麼他也不會讓自己的小命斷送在這該死的鬼地方。

跟他行動這麼長時間，照道理來說謝良安應該很清楚他不做沒把握的事，而且也絕對不會隨隨便便死掉，為什麼還能哭到眼淚和鼻水黏在一起，依依不捨地拽著他的衣角。

「我又不是去送死的，你能不能克制一下自己的淚腺？」

左牧邊說邊把他的手拿開，歪頭道：「謝良安，你有仔細在聽我剛才說的話嗎？」

「……有。」

「有的話你幹嘛還哭成這樣？」

「因為很危險嘛嗚嗚嗚！也不知道那、那個人還安排什麼樣的陷阱……」

謝良安的顧慮沒有錯，但問題是沒有必要。

左牧大概可以預料，主辦單位想要拖延時間讓他遊戲失敗，如果沒能成功干擾他通過遊戲設施的話，高機率會利用大規模爆炸之類的，直接把建築物裡的人全部都殺死吧。

他認為前者可能性比較高，後者的話，可能會有點太過誇張，但不能排除這個可能性。

左牧邊思考邊輕輕搓揉胸前的項鍊，轉頭對黃耀雪說：「這次可能要用到陳熙全給我們的東西。」

其他人不太明白左牧說的是什麼，就只有聽懂意思的黃耀雪眨眨眼，點頭回應：「我知道了。」

黃耀雪胸前掛著的銀製項鍊，閃閃發光，和左牧配戴許久、不離身的項鍊看起來是配成對的飾品，只不過沒有人留意到這件事。

兔子也沒發現，他純粹對於兩人之間有他不知道的祕密這個事實而生氣。

黃耀雪發現兔子又用一副想要殺人的表情瞪著他看，冷汗直冒，盡全力迴避他的視線，裝作什麼都沒看到。

左牧環視那些對他們投以困惑與懷疑目光的視線，輕嘆口氣，用食指勾起項鍊說道：「我沒有要保密的意思。這東西是陳熙全在我來這裡之前給我的『禮物』，裡面裝載著類似緊急訊號裝置的晶片，在這段期間內都是處於啟動的狀態下。」

「啟動？這種東西怎麼可能瞞得過主辦單位的耳目？」邱珩少很有興趣地打量著那條項鍊，聽起來不像是質問，而是好奇。

而且他也是第一個注意到那條項鍊和黃耀雪的項鍊有關連性的人。

在左牧開口回答前，謝良安倒是很激動地大聲詢問：「該、該不會，是布魯設計的獨立訊號裝置？你怎麼會有那個——」

「你認識布魯？」

「當然啊！雖然他跟我不一樣，是階級比較低的系統設計師，但我看得出來，他寫的程式碼跟其他人的程度落差很大，就像是在故意隱藏實力，不想要太過惹人注目，所以我很在意他。」

謝良安認識布魯這件事，倒是讓左牧有些意外。

不過，這不是現在的重點。

「總之，這東西的系統是連結在封閉網路中，而且是成雙成對的裝置。簡單來說，只要其中一個裝置被毀掉或斷線，跟它成對的裝置就會發出警告訊號，簡單來說就是手動型的緊急求救裝置。」

「啊——我懂了。」擦乾淚水的謝良安，瞪大眼回答：「你是打算用這個東西來打暗號對吧？可是……為什麼要這樣做？」

按照主辦單位的條件，他們都沒辦法出手，就算左牧在遊戲進行間發送緊急訊號，他們也沒辦法違反遊戲規則。因為這樣，就等同於直接判定他們失敗，所有人都沒有辦法離開這個遊戲區。

聽到謝良安的疑問，左牧垂眸，冷哼道：「你果然很傻。謝良安，我有笨到會違反跟那傢伙的交易？不管怎麼說，我都不會做出讓自己吃虧的選擇，所以你什麼都不需要擔心。」

左牧鬆開勾起的項鍊，讓它躺回自己的胸前。

「我一定會在達成條件的前提下使用緊急求救裝置，當然，能不用上自然是最好，但如果我使用的話，你們什麼都不用顧慮，直接安排直升機破壞建築物屋頂，把我們救出去。」

聽到他這麼說，邱珩少不禁勾起嘴角笑道：「看來你已經認定自己會被困在那裡了吧。」

左牧很不想承認，但邱珩少猜得沒錯，他的確是朝最糟糕的結果來做安排。

「主辦單位的目的很明顯，所以我也不得不為了保命做出應對方式。」他抬頭與邱珩少四目相交，輕輕扯動嘴角，露出不含任何善意的微笑。

「好吧，就照你的計畫來。」邱珩少將環在胸前的手放下，瞇起眼，以傲慢的態度對其他人說：「既然這個計畫用不上我，那我現在離開也沒關係吧？」

「什麼？」知道邱珩少在打什麼主意的黃耀雪，驚訝地抓住他的肩膀，「該死的，邱珩少，你別擅自行動！」

邱珩少厭惡地拍掉黃耀雪的手，「我已經按照約定提供協助，剩下來的事情就跟我沒關係了，不是嗎？」

「我們是一起進來的，就得一起離開。」

「在我把那女人殺掉之前，我是絕對不會走的。」

劍拔弩張的氣氛，就好像下一秒這兩個人就要打起來似的。

始終沒有開口介入的羅本看到這情況，有氣無力地垂眸，走上前抓住兩人的肩膀，強行夾在他們之間。

「都還沒開始行動，現在就搞成這樣，是想做什麼？」

「誰叫這混帳他——」

黃耀雪剛開口告狀，就被羅本冰冷的視線嚇得趕緊把嘴巴閉上。

羅本生氣起來好可怕啊……

「邱珩少，你以為等到我們離開後，洪芊雪還會留在這裡？她本來就是VIP客戶，跟其他玩家不同，想出去就出去，不會有任何人攔著。再說，你確定她在見到你之後，還會傻到留下來等你去找她報仇？她又不傻。」

羅本說得很有道理，正因為這樣，邱珩少瞪著他的視線才會變得越來越可怕。

估計邱珩少心裡是知道的，但因為對洪芊雪的厭惡讓他沒辦法做出理智的判斷與決定。

「……哈！你們一個比一個令人反感。」邱珩少皺緊眉頭，咬牙切齒，「知道了，我跟你們走就是。」

就像羅本說的，洪芊雪能夠自由出入這裡，但他不是。

萬一洪芊雪真的已經離開，那麼他留下來也沒有意義，大不了出去後確認洪芊雪的位置，反正只要他開口，陳熙全肯定不會拒絕。

羅本見最不安分的男人總算願意妥協，便把手從兩人肩膀挪開。

他和左牧對視，兩個人無奈地聳肩。

「那麼，就按照計畫進行。」左牧拍掌，表示結束話題。

在決定好作戰計畫之後沒過多久，船隻抵達港口。

事前決定好的左牧等人前往鏡屋迷宮，而事情也朝左牧的預測方向發展，這也讓左牧更加確信，主辦單位就是些喜歡鑽漏洞、投機取巧的奸商。他如計畫毀掉項鍊，向黃耀雪配戴的項鍊發出求救訊號。

雖然這只能有警示作用，沒辦法得知他們在建築物內的位置，但這個小問題可以由謝良安來負責解決。

條件裡只有說謝良安不能提供輔助，沒說不能監控他們。

而在緊急訊號發送出去之前，直升飛機都處於啟動的狀態下，坐在上面的黃耀雪接收到通知後就會立即起飛前往。

因為左牧說不用顧慮條件，以緊急訊號發出的時間點為準，所以黃耀雪毫不避諱地破壞鏡屋迷宮的屋頂，降下梯繩將四人拉出來。

這，就是左牧能夠安然無恙躲過爆炸的原因。

「哈啊……」

平安回到甲板上的左牧，腿軟跪在地上。

一旁的兔子很緊張，想要伸手把他扶起來卻又怕他身體不舒服，糾結到不行，直到左牧獨自起身之前都沒能做出要不要碰觸他的決定。

左牧看著肢體語言十分搞笑的兔子，嘆了口氣。

「差點就死在那鬼地方。」

爆炸後的鏡屋迷宮，被大火吞噬，在黑夜中如同一顆巨大火球，相當顯眼。

黃耀雪掌握的救援速度，和他預料的差不多，看樣子他應該一直精神緊繃地留意自己的項鍊有沒有發出訊號。

雖然不想承認，但這次能活下來，有部分也是托陳熙全的福。

「程睿翰。」

「……有什麼事？」

旁觀他們所有行動，不給予任何支援與幫助，也沒有打算阻撓的程睿翰，至始至終都待在甲板的躺椅上面，彷彿在近距離欣賞這個有趣的過程。

即便左牧用非常不爽的口氣和他搭話，那張臉也仍舊沒有收起笑容，從容不迫地品嚐紅酒。

要不是因為這傢伙跟陳熙全是一夥的，他可能早就把人從船上踹入大海。

當然，他很清楚自己至少是有這個能耐的，只不過損失程睿翰的協助，對他來說有些吃虧。

他可不做損害自身利益的事。

「我猜你的老大應該很快就會來找我投訴，所以先把船開走吧。」

「哈哈哈。」

程睿翰大笑後彈指，旁邊的手下立刻拿出平板，並將畫面轉向左牧讓他看。

左牧起先不懂他想幹嘛，直到一片漆黑的畫面裡傳出怒吼。

『你違反我們約定好的條件！』

聽到這個聲音，左牧才恍然大悟。

啊，原來是主辦單位的老大。

「正確來說，我跟你都沒有人違反條件。」左牧聳肩，「本來我跟你的條件限制，就僅限在遊戲結束之前，當我到達出口的時候，就已經等同於完成鏡屋迷宮這項遊樂設施，所以在那之後的任何行動都沒有受到條件限制。」

『謝良安不是插手了嗎？要不然怎麼可能那麼快掌握你們的位置。』

「他只是監控而已，沒有出手，也沒有離開這艘船。」左牧有些不高興地垂眸，冷冰冰地質問對方：「你身為這個遊戲區域的最高指揮者，難道想翻臉不認人？」

『……如果我說是的話？反正只要你還在我的地盤裡，你就沒辦法離開。』

「嗯，這樣的話就換我頭痛了。」程睿翰起身，主動走到畫面前面，彎腰和男人對上眼，「屈先生，你應該很清楚管理者絕對不允許任何違規行為，無論是玩家還是主辦單位，一切都必須按照『規則』進行遊戲。」

背對光線的程睿翰，眼眸彷彿散發出光芒，威嚇的態度讓人不敢恭維。

即便是身為率領他們的男人，也忍不住緊張地嚥口水。

『程睿翰……你這傢伙，該不會早就跟陳熙全聯手了吧！』

「哈！屈先生，和那男人聯手的可不只有我而已？我相信所有人都很清楚，那個人想要做什麼，而且也很清楚……他絕對會達到自己的目的。」

提起陳熙全的名字，男人顯然變得有些卻步。

左牧好奇地看向程睿翰，不知道為什麼他會大膽地說出陳熙全的名字，甚至還坦承自己和他有合作關係的事實。

這難道不應該等離開後再說比較安全嗎？

「自己提出的條件，就該遵守。屈先生，現在你該放他們走了。」

『唔嗯……』

男人咬牙切齒，因為他知道這麼做會引來什麼樣的後果。

「管理者」絕對不可能放過他的，畢竟他不但失敗，還擅自以主辦單位的身分和左牧進行交易。

左牧一旦離開這裡，「管理者」以及其他遊戲區的主辦單位團隊，都將無法再對左牧出手。

『我不會放你們離開的，程睿翰，你也一樣。』

「……我可以認為這表示屈先生你打算取消我的身分資格嗎？」

『沒錯，從現在開始你不再是主辦單位團隊裡的一員，所擁有的島嶼所有權也將回到我手上來。』

沒想到這麼簡單就能讓自己擺脫這份工作，程睿翰忍不住笑出來。

看見他的笑容，一臉茫然的男人仍搞不清楚狀況。

「哈啊——屈先生，沒想到直到最後你仍然是個愚蠢的男人。」他甩甩手，轉身走向左牧，「很高興曾與你一起工作。再見了，屈先生。」

『什、什麼？你是什麼意——』

男人話說到一半，就聽見門外傳來吵雜的聲響。

接著大量的開槍聲、重物撞擊與人的叫囂、呼喊等等，全都混在一起，透過平板傳遞到他們的耳中。

『你們、你們為什麼！啊！』

『不要！快住手，你們難道不怕管理者……』

男人的聲音很快就消失不見，剩下來的，只有噴濺在螢幕鏡頭上的鮮血。

靴子踩踏在地板的聲音，從遠處慢慢接近，最後一雙大腿出現在螢幕前。

那人彎下腰，歪頭對著鏡頭說：『睿哥——這裡的清除工作結束了哦？』

「做得好，魏世杰。」程睿翰笑彎雙眸，與對這結果感到傻眼的左牧說：「現在，我們離開這個地方吧？左牧先生。」

／

打從初次見面開始，左牧就知道程睿翰絕對不是什麼好人。

本來他的行為就讓人摸不著頭緒，也不確定他真正的目的是什麼，光是交談過幾句話就能確定，他跟程睿翰之間絕對沒有「信任」兩個字。

看著他像隻狐狸般，心滿意足地欣賞眼前的結果，左牧真心覺得不想跟這男人扯上關係。

在「S2」區的主辦單位老大被魏世杰處理掉之後，程睿翰的船載著左牧等人離開了這片困住他們許久的海域。

可能是考慮到左牧還是很討厭自己的關係，程睿翰將其中一層留給他們使用，直到載他們到達目的地前，都沒有出現在左牧面前。

這艘船乘坐起來很安穩，就像是飄在海面上一樣，讓疲倦的左牧徹底睡死。

眼睛闔上前，他還在抱怨這張床怎麼那麼好躺，就像是棉花糖，結果下一秒睜開眼的時候，船已經靠岸，特地進房間來叫醒他的羅本正被兔子拽住衣領，眼看就要打起來。

「醒了就過來把你家兔子帶走。」

羅本眼神死得徹底，畢竟他已經很習慣這種發展。

左牧眨眨眼，打了個哈欠。

「我們現在在哪？」

「呃……這個嘛……」羅本尷尬地摳臉頰，「反正你肯定不會喜歡。」

直覺告訴他，最好還是放棄掙扎。

左牧輕拍兔子的手背，讓他把羅本放開。

「我洗個臉就出去，在外面等我。」

簡單洗漱完畢的左牧，最後和兔子、羅本一起來到甲板。

與之前簡陋的梯繩不同，一條裝飾著彩帶與花圈的樓梯沿著船邊直通港口，而在那裡早就有群身穿黑衣與墨鏡，看起來跟黑道沒什麼不同的男人。

至於旁邊，則是有臺熟悉的賓士轎車。

「該不會是我想的那傢伙吧？」

左牧指著那臺車，轉頭跟羅本確認。

羅本苦笑，在回答之前，賓士車的車窗先一步降下來，陳熙全以開朗的笑容伸出手朝他們打招呼。

「辛苦啦！左牧先生——」

「嘖。」

一看到那張臉，左牧就忍不住咬牙咂嘴，整張臉皺在一起，就像是吃到過期食品，難受到不行。

所有人都聚集在甲板上，並且對左牧擺出那張臉面對陳熙全的事實感到驚愕。

那可是陳熙全，黑道白道兩邊通吃，率領著世界級集團的男人，左牧竟然對那種人咂嘴，還不給好臉色看？

「陳熙全先生，你不跟我打個招呼嗎？」

程睿翰從旁邊走過來，像是關係很好的朋友，攤手和陳熙全閒談。

陳熙全笑臉迎人地回答：「你這小子拿了我一堆好處，還沒滿足？」

「怎麼這麼說呢？我只是因為看在陳先生你的面子上才提供協助的。」

「哈哈哈你還真愛開玩笑，難道不就是因為有趣才幫我忙的，不是嗎？」

陳熙全說的話雖然聽起來沒什麼，但語氣裡卻隱藏著對程睿翰的不滿。

左牧有點意外，他還以為這兩人關係不錯，所以才會合作對「S2」遊戲區出手，這樣看來似乎跟他預想的不同。

陳熙全遠遠地就看出左牧困惑的表情，嘆口氣之後說道：「先上車吧，左牧先生。你應該有很多話想要問我。」

左牧看向邱珩少和黃耀雪，發現他們並沒有要跟過來的意思，就像是任務結束後一臉舒爽的表情。

天曉得陳熙全到底給了這些人什麼好處，才讓這些本來就不會乖乖聽話的人為自己工作。

「……走吧。」

左牧低聲對兔子他們說。

與早就站在港口等候的黑兔會合後，他們四個人搭上陳熙全準備的轎車。

能從絕望樂園裡出來，對左牧來說就已經足夠，不過比起陳熙全的目的，他還有件很在意的事。

「謝良安在哪？」

他辛辛苦苦參加遊戲，被主辦單位要著玩的原因，就是為了把謝良安救出來，可是無論是在剛才的甲板還是港口，都沒見到那個人的身影，就連陪伴在他身旁的魯斯也不知所蹤。

陳熙全透過車內螢幕和他交談，並回答他的問題。

『他的家人派人來把他接回去了，不用擔心。』

「……是嗎，那就好。」

總算擺脫謝良安這個超大型麻煩，左牧還以為自己會變得比較輕鬆，卻不知道為什麼，心裡並沒有感到痛快。

『你看起來很不高興的樣子，好不容易離開S2區，難道不是應該感到開心嗎？』

「那是在知道你的目的之前。」

『哈，因為我瞞著沒說，所以你不高興？』陳熙全笑彎雙眸，翹著二郎腿，用手指輕輕敲打臉頰，『你似乎比我想像得還要重視我，我還以為你恨不得想要跟我分道揚鑣。』

「陳熙全，我不喜歡被人利用。我跟你之間是交易關係，既然如此，應該雙方都要知道交易內容才公平。」

從陳熙全的反應來看，似乎已經知道程睿翰把他有繼承「管理者」的資格說出來，不過他對於這件事並沒有很在意的樣子。

「既然你本來就是負責管理這些遊戲的人之一，那麼為什麼還要僱用我跟它作對？」

『當面聊比較快。』

陳熙全在說完這句話之後，轎車停在某棟高級飯店的門口。

開門的服務生讓左牧不得不暫時把問題保留，跟隨著從另外一臺車下來的陳熙全，搭乘金光閃閃，還有著好聞香氣的專屬電梯，直接通往位於最高層的總統套房。

兔子等人安靜跟隨著左牧，陳熙全似乎沒有要刻意把他們分開的意思，就這樣把四人邀請到房間裡。

然而，房間裡除了他們之外，還有個讓人意外的人坐在沙發上。

「左牧先生，歡迎歸來。」

林勾起嘴角，舉起裝紅酒的玻璃杯向他敬酒。

左牧一臉驚訝，而黑兔則是臉色鐵青。他們完全沒想到「困獸」組織的亞洲分部部長竟然會出現在這。

他還記得這個男人的名字，當然連他的臉也沒忘記過。

林對他們的反應十分滿意，看了黑兔一眼，沒有說什麼，完全無視他的存在。

黑兔不可能在見到這個男人後還能保持冷靜，而發現他露出不安神色的羅本，輕輕拍了拍他的肩膀。

「沒事吧？」

「……我、我沒事。」

明明知道自己已經跟「困獸」毫無關係，但這個人畢竟曾想要置他於死地，他沒辦法輕鬆面對。

因為他很清楚，林並不是那種隨便對人表達友善態度的好人。

左牧一邊留意黑兔的狀況，一邊質問對方：「你為什麼在這？」

「為了慶祝？」林歪頭回答：「陳熙全先生可是相當友善的交易對象，是我們組織的VIP客戶。」

「我不是在問你們兩個的關係……」

「你以為我是怎麼安然無恙把魯斯安排進去的？」

「……哈！為什麼我一點都不意外？」

一個是黑白兩道通吃的財閥老闆，一個則是最恐怖的殺手組織「困獸」的亞洲分部部長，在這兩人身旁，感覺會讓人壓抑到喘不過氣，但左牧並不在意，只有輕輕嘆口氣。

「所以你現在要回答我的問題了嗎？」

左牧並不想知道林想幹嘛，因為他有更在意的事。

怪不得在陳熙全的幫忙下，從那座孤島逃出來的他們能夠過上平安無事的生活，這段期間也沒怎麼被主辦單位追查，日子平凡安逸。

原來，全是因為陳熙全的「身分」。

他還以為從那座島上逃出去的時候，自己就已經獲得自由，現在才發現他根本從來就沒有自由過。

無論是在與兔子相遇的那座島，還是重回社會後，或是再次被扔進死亡遊戲，協助他把人救出來——陳熙全一直都把他囚禁在自己的手掌心裡。

他不知道其他人對陳熙全的這種行為有什麼想法，也不在乎，但肯定跟他不同，現在的他光是看見陳熙全的臉，就有種想要開槍打死他的衝動。

「你看起來好像很想殺了我一樣。」陳熙全從冰桶裡拿出玻璃瓶汽水，遞給左牧，「別那麼緊繃，說真的，左牧先生，我從來就沒有打算做任何傷害你，或是對你不利的事。」

左牧抬眸，並沒有從陳熙全手裡接過汽水，他的眼神裡完全沒有半點善意。

突然，陳熙全手中的玻璃瓶被砸碎，汽水與碎片掉落在昂貴的地毯上，陳熙全的手則是沾滿汽水。

他看了一眼插在後方牆壁上的軍刀後，轉而與扔擲出這把武器的兔子四目相交。

在場的人全都愣住，尤其是陳熙全帶來的保鑣們，更是急忙回神，拔槍對準左牧四人。

黑兔與兔子瞪大雙目，就像是野獸一樣威嚇這些人，沒有半點畏懼。

明明兩隻兔子赤手空拳，沒有反抗的武器，但這群保鑣卻覺得最後被咬殺的反而是自己。

面對這緊張的氣氛，羅本與左牧的神情很輕鬆。

他們很清楚這些保鑣不過是虛有其表，對兩隻兔子來說根本不會造成任何威脅。

比起這些保鑣，更該注意的應該是那個叫做林的男人。

林仍然擺出一副看戲的表情，笑盈盈地欣賞這場鬧劇，而陳熙全則是舉起手，示意保鑣們把槍收起來。

「不想死的話就給我把槍放下。」

左牧可以看到這些保鑣們鬆了一大口氣。

見到這個情況，他忍不住笑出聲。

「不許再有隱瞞，陳熙全。我現在沒有那種耐心。」

「放心吧，左牧先生。」陳熙全拿起掛在冰桶旁的毛巾，將沾滿可樂的手擦乾淨，「我知道你對我有很多不滿，不過你可能對我有些誤會，我並沒有故意利用你的意思，也從來沒有想過要害死你。」

他將毛巾交給旁邊的服務員之後，將頸部的領帶拉開，露出鎖骨。

「在委託你……不，更早之前，我就已經調查過關於你的事，左牧先生，我認為你是能夠協助我達到目的的最佳人選，這就是為什麼我會選上你。」

「……看來你在警方高層也吃得很開。」

「只是偶而有合作或交易關係而已，其實你不必想得那麼複雜，左牧先生。」陳熙全拿起裝著啤酒的玻璃瓶，用桌角敲開瓶蓋，「正如你所猜測，我並不想繼承這個該死的組織，也不想要利用人命為顧客提供娛樂。」

看著陳熙全大口灌啤酒，左牧雙手環胸，陷入思考。

他現在對陳熙全僅存的最後一絲信任，正是因為這個理由。

雖說陳熙全是擁有繼承管理者資格的人，但他所做的一切都是在跟主辦單位唱反調，如果說他只是想要為客戶呈現更有趣的遊戲內容，大可不必如此拐彎抹角，瞞著他、把人當傻子耍。

「所以，你是為了讓自己被取消管理者的繼承資格，才讓我去毀掉那些遊戲區域嗎？」

「其實我一開始只是希望你能造成一些混亂就好，但你做出的行為超出我的想像，不是干擾而是毀掉一整個遊戲區什麼的，對我來說是意外的收穫。」

陳熙全忍不住想笑，但又為了不惹左牧生氣而盡全力憋著。

他那副要笑不笑的樣子，反而讓人覺得礙眼。

「你別那麼噁心，所以現在呢？你既然讓程睿翰向我坦白目的的話，就表示你的目的已經達成了吧？」

「對。」陳熙全笑彎眼眸，就像是個獲得自由的孩子，「我家那臭老頭十分火大，已經撤銷了我的管理者資格。」

「……你爸？」

「我爸就是創造這些遊戲的『管理者』之一，也就是說，拿人命作為娛樂的創始者就是我爸還有他那群狐朋狗友。」陳熙全聳肩，「除我之外，其他人的孩子也都有繼承資格，不過他們只會從孩子們當中挑選最優秀的人作為繼承人選。」

「你這是在跟我炫耀嗎？」

「絕對不是。」

陳熙全雖然這樣說，但笑臉迎人的模樣完全看不出他有半點謙虛。

看著這樣的陳熙全，左牧只感到深深的無力。

「所以你的目的就只是想要讓你爸把繼承者的資格取消？」

「是的，託你的福，一切都進行得很順利。」

「……我正在考慮要不要現在就打死你。」

「左牧先生，我知道你嘴巴雖然很壞，但個性還是很溫柔的，絕對不會傷害無辜的老百姓對吧？」

「你不在無辜老百姓的名單內。」

「真傷心。」陳熙全歪頭，故意裝作困擾的樣子，「我是說真的，左牧先生。一切都結束了，主辦單位不會再對你出手，只要我還活著，你就什麼都不用擔心。」

「你的意思是，我可以不用在被你監視的情況下，恢復正常生活？」

「什麼監視……明明是在保護你……」

陳熙全無奈抱怨，但沒辦法，他知道左牧知道事實後，對他的信任肯定會掉到谷底。於是他朝在旁邊看好戲的林一眼，用眼神暗示他該開口了。

林眨眨眼，笑道：「真難得看到陳熙全先生吃癟的表情，看來他真的很重視你，左牧先生。」

他邊說邊將背部從沙發椅背挪開，雙手手肘靠在大腿上，身體稍稍向前彎曲。

當他把視線放在左牧身上時，兔子和黑兔反射性地站在他面前，阻擋林看著他的目光。

雖然左牧面不改色，但兩隻兔子倒是對林充滿戒心，就連平常不會主動上前干涉的羅本，也站在這兩隻兔子面前。

他並不是想要保護左牧，而是打算緩和氣氛。

「直接說結論吧，別再繼續浪費時間，這對我們雙方都沒有好處。」

林提眸看向羅本，聳肩道：「『困獸』不會再監視三十一號跟七號，左牧先生會成為登記的合法飼主，至於馴獸師則會被歸列為死亡，殺死他的人則是他們兩個——這是我預計跟組織回報的內容，我來這裡，也只是要跟你們說這件事而已。」

羅本回頭，原以為左牧在聽到這些話之後，臉色會變得很難看，但意外的是他的態度很自若，就好像不是很在意的樣子。

直到確認完左牧的反應，羅本才明白，原來林這麼做是為了謝良安和魯斯。

他並不只是把魯斯送進去保護謝良安，讓他們兩個人重逢而已，同時也是為了能夠偽造魯斯的死亡，讓他能夠脫離組織，待在謝良安身邊。

為此，他利用了兩隻兔子。

雖然這對左牧他們來說沒有半點好處，畢竟他們沒有必要幫助謝良安，但是賣魯斯一個人情倒是滿划算的。

這就是左牧為什麼不在意，反應也不大的原因。

「喂，你怎麼沒幫我說句話！」陳熙全著急地朝林抱怨。

林聳肩道：「我不是跟你提議過，要你先把計畫告訴左牧先生嗎？是你自己覺得這樣做會干擾到他，結果才惹他不爽的，跟我一點關係也沒有。」

說完，他笑著歪頭，透過人牆看著左牧，「我可是很想跟左牧先生成為朋友的，而且，我對他很有興趣。」

雖然他看起來態度友善，但左牧只覺得頭皮發麻。

這男人跟之前威脅他的那個人，真的是同一個？

「沒事的話，我們可以回去了嗎？」

左牧把三人推開，好不容易才把頭鑽出來。

他雖然很高興自己能被這些人保護，但他現在只想回家，徹底跟這些危險的事說再見。

陳熙全眨眨眼，爽朗一笑，「當然！我會負責護送你們回去的，當然，之後左牧先生你們的行動也不會再受到限制，想去哪就去哪。」

「意思是我可以不用住在左牧家裡了？」聽見這個好消息的羅本，雙眸閃閃發光，看起來超級開心。

但是一聽到羅本有可能會離開，黑兔跟左牧急忙一人一邊抓住他的手臂，嚴正拒絕。

「不行！羅本你不准走！我不想要一個人養兩隻兔子！」

「你說好要煮飯給我吃的！你走掉的話我要吃什麼！」

羅本冷汗直冒，動彈不得。

讓他露出這種表情的理由，並不是因為這兩個人的關係，而是因為他正被忌妒淹沒理智的兔子凶神惡煞地瞪著看。

「……你先鬆手，我還不想這麼早死。」

左牧皺眉回答：「你不會擅自跑掉的話我就鬆手。」

「該死……我不走就是了，拜託你快放開我！」

左牧剛鬆開手，就被兔子用力從背後抱住，整個人黏在他的背上，就像是個人形背包。

而他的死亡凝視，也在左牧放開他之後消失不見。

羅本鬆了口氣，無視還被黑兔抓著，無法動彈的另外一條手臂，徹底放棄逃離這三個人的念頭。

算了，反正他就算離開左牧家也沒辦法立刻找到安身之所，而且總感覺黑兔也會為了吃飯而像金魚便便一樣黏在他屁股後面。

他還是「暫時」繼續當這些傢伙的保母吧。

腦袋裡浮現出這些念頭的羅本，意外跟林還有陳熙全的視線對上。

那兩個人似乎沒想到會看見這種畫面，一臉訝異地打量他。

羅本冷汗直冒，他可不想被更麻煩的人盯上，他只要像以前那樣，安安靜靜、像個透明人一樣活著就好。

「哈、哈哈……早知道就不跳出來保護你們這幾個傢伙了，該死……」

羅本開始胃疼。

早知道他應該趁剛才左牧在跟這兩個男人發火的時候，偷偷摸摸離開。

就像以前一樣，誰都不會注意到他，畢竟他是狙擊手，最擅長隱藏氣息與存在感——但事到如今，他也不知道跟左牧分開究竟是好是壞。

總感覺，自己似乎在不知不覺之間，成為這些人心中最信賴的依靠。

「該送你們一家四口回去了。」陳熙全笑著彈指，服務員接獲指令後，立刻將通往頂樓陽臺的門打開。

左牧和羅本對看一眼，帶著兩隻兔子走進那扇門。

剛爬上眼前短短幾層的樓梯，烈風便往臉頰吹過來，螺旋槳運作的巨大聲響幾乎將耳邊所有聲音淹沒，導致什麼都聽不見。

左牧睜開眼，看著停機棚的直升機，上面沒有駕駛與乘客，單純只有引擎運作而已。

「就當是你們成功破關的獎品。」陳熙全從後面走過來，跨過左牧身旁，就像是在送玩具一樣，輕鬆地說：「座標已經設定好，只要直接開過去就可以。這段期間會稍微有點忙，你們先住在那裡幾個月，原來的房子可能也不能住了……有需要的話，我可以幫忙找新屋給你們。」

「……這些都是獎品之一？」

左牧半開玩笑地問，雖然沒有得到答案，但陳熙全臉上的笑容似乎已經說明了一切。

對這男人來說，這點錢根本就不算什麼吧。

因為知道陳熙全還有些事情要處理，安全起見才會這樣處理，不過他還是覺得很麻煩。

「抱歉，不能讓你馬上回歸正常生活。」

「我知道不可能這麼快，所以你別跟我道歉，聽起來很讓人不舒服。」

「哈哈哈——你對我還真嚴厲，但我就喜歡你這點。」

因為兔子抓著左牧的手臂，一臉警戒地瞪著他，讓原本想要伸手拍拍左牧肩膀的陳熙全，最後默默將手收回，放棄碰觸左牧的身體。

已經先前往直升飛機的羅本，正坐在駕駛艙，看他熟練檢查裝置的模樣，駕駛直升機這點小事對他來說似乎不是什麼問題。

左牧嘆口氣，拖著纏住他不放的兔子，朝正在揮手催促他的黑兔走過去。

載著四人的直升飛機，在陳熙全的目送下升入空中，消失在天邊。

陳熙全雙手插入口袋，一邊哼歌一邊走回房間，心情好到起飛。

左牧已經完成他的工作，接下來該由他收拾善後了。

——《遊戲結束之前 第二部》完

後記

各位好，我是對《心靈殺手2》的劇情喜歡到不行的恐怖遊戲老粉草。

話說回來，我還是沒把刺客教條還有狙擊菁英玩完，連寶可夢都快出新的了，我的朱紫還沒打最後道館，怎麼覺得累積要玩的遊戲越來越多？誰來告訴我這是錯覺（抱頭）！每次想說稿子不多的時候要來補進度，結果都拿去追劇（咦），事情好多怎麼樣都消耗不完，我還有好多新番沒時間看嚶嚶……

雖然時間很少，但稿子還是得寫，畢竟截稿日不等人。遊戲第二部第三集總算在截稿日前寫完了，這點最讓我欣慰，因為我原本以為會爆字，幸好後來還是在字數範圍內收尾，不然我都開始懷疑左牧是不是不打算讓我完結（快住手）。《遊戲結束之前》的故事到這邊暫時告個段落，正如之前大家在坑草的SNS上看到的情報，《遊戲結束之前》又有新的好消息要告訴大家，現在就請大家讓坑草保密（噓），敬請期待消息正式公開的那天。

謝謝大家喜歡左牧以及故事中的所有角色，《遊戲結束之前》是我在開始寫商業小說早期時所構想的故事，當年的我因為沒有能力駕馭這部作品，因此才被我拖到這麼後面開坑。我自己本身很喜歡這部故事和設定，多虧大家的支持，《遊戲結束之前》的故事才能一直走下去，坑草會繼續努力說故事的，也請大家繼續關注這部作品哦！

第二部雖然結束了，但《遊戲結束之前》很快就會再跟大家見面。

草子信

草子信ＦＢ：https://www.facebook.com/kusa29

高寶書版集團
gobooks.com.tw

輕世代 FW405
遊戲結束之前 第二部03(完)

作　　者　草子信
繪　　者　日　々
編　　輯　賴芯葳
美術編輯　彭裕芳
排　　版　彭立瑋
企　　劃　黃子晏

發 行 人　朱凱蕾
出　　版　三日月書版股份有限公司
　　　　　Mikazuki Publishing Co., Ltd
地　　址　臺北市內湖區洲子街88號3樓
網　　址　www.gobooks.com.tw
電　　話　(02) 27992788
電　　郵　readers@gobooks.com.tw（讀者服務部）
傳　　真　出版部　(02) 27990909　行銷部 (02) 27993088
郵政劃撥　50404557
戶　　名　英屬維京群島商高寶國際有限公司臺灣分公司
發　　行　英屬維京群島商高寶國際有限公司臺灣分公司／Printed in Taiwan
　　　　　Global Group Holdings, Ltd.
法律顧問　永然聯合法律事務所
初版日期　2024年5月

國家圖書館出版品預行編目(CIP)資料

遊戲結束之前第二部 / 草子信著.-- 初版. -- 臺北市：三日月書版股份有限公司出版：英屬維京群島高寶國際有限公司臺灣分公司發行, 2024.05-
面；　公分. --

ISBN 978-626-7391-14-3 (第3冊：平裝)

863.57　　　113004048